시간도 없고
체력도 안 되는
맘시생의 생계형 공부

문난희 지음

차례

프롤로그

엄마는 커서 뭐가 되고 싶어? 07

Part1 잃어버린 꿈을 찾아서

서른이면 뭐라도 되어 있을 줄 알았지 16

희생만 하는 육아의 함정 22

독박육아에 지친 나를 살린 책 28

가끔은 이기적이어도 괜찮아 35

나도 워킹맘이고 싶다 41

세 아이를 키우며 꿈을 키우다 47

꿈은 속도가 아니라 방향이다 54

꿈은 끝날 때까지 끝난 게 아냐 61

Part2 엄마도 공부 좀 하겠습니다

연말이 무서운 계약직의 설움 70

온 우주가 주는 힌트 76

서른넷, 진짜 공부를 시작하다 82

엄마는 도서관으로 출근합니다 88

간절하거나 절박하거나 95

육아가 공부에 도움이 될 줄이야 102

500권 서평을 하면서 깨달은 점 109

TV에게 아이들을 맡기는 엄마의 반성문 115

오롯이 공부하는 시간, 미라클 모닝 121

남편을 아군으로 만드는 법 127

Part3 시체맘의 합격공부법

명확한 목표로 공부 방향 설정하기 136

공부시간보다 분량이다. 책을 찢자 143

강의 150% 활용 팁 149

취미독서 말고 합격독서 156

암기보다 이해가 먼저다. 마인드맵 공부법 163

이해한 것은 말로 풀어라. 녹음기 활용법 170

최대 효율을 만드는 공부 루틴 176

색깔별 필기구 활용법 183

답안 작성은 요령이다. 유형별 답안 작성 방법 189

실전 모의고사 활용법 195

Part4 인생에 정답은 없어요

해야 할 것 VS 하고 싶은 것 204

세상에 쓸모없는 경험은 없다 210

어쨌든 인생은 모험 216

엄마 말고 나로 살 권리 222

아이는 엄마의 뒷모습을 보며 커간다 229

문 하나가 닫히면 다른 문이 열린다 236

바라는 것을 이루어주는 성공 습관 242

에필로그

엄마라는 이름 뒤에 숨어버린 당신에게 249

프롤로그

엄마는 커서 뭐가 되고 싶어?

"엄마는 커서 뭐가 되고 싶어?"

이제 막 5살이 된 첫째 아이가 어린이집을 다녀와서 다짜고짜 나에게 질문을 던졌다.

"엄마는 다 컸어. 엄마 꿈은 선생님이었지. 엄마는 오늘도 학교에서 학생들을 가르치고 왔잖니. 엄마는 꿈을 이뤘어!"

나는 아이의 질문에 깊이 생각하지 않고 툭 내뱉었다. 정확히 말하면 깊이 생각할 겨를이 없었다. 무척 허기져있었기 때문이다. 그 당시 나는 퇴근 후 참을 수 없는 배고픔에 시달리곤 했다. 그런 날은 양푼에다 밥을 퍼서 김치에 참기름 몇 방울 떨어뜨려 비빈 후 게걸스럽게 먹었다. 그것이 나의 루틴이었다. 성의 없는 내 답변에 아이가 약간 실망했다는 말투로 다시 물었다.

"아니, 엄마가 커서 말이에요! 나는 커서 요리사가 될 거예요! 엄마는 커서 뭐가 되고 싶냐고요, 엄마 꿈 말이에요."

"엄마? 엄마 꿈 말이야?"

비빔밥 몇 숟가락에 허기가 조금 누그러지자 정신이 들었다. 말을 하다 튀어나온 밥풀을 주워 먹으며 나는 아이의 질문에 다시 답을 찾으려고 생각이라는 걸 해 봤다.

"엄마 꿈? 엄마는 선생님이 되는 게 꿈이야."

"선생님? 엄마는 지금 선생님이잖아? 그 꿈 말고 또 되고 싶은 거 없어?"

아이는 계속 질문을 쏟아냈다.

"오늘 어린이집에서 꿈 얘기를 했는데, 선생님은 요리사가 되고 싶대. 나도 요리사가 되고 싶은데. 선생님이랑 나랑 꿈이 똑같아. 다른 친구는 마술사가 되고 싶대."

아이는 꿈에 대한 이야기를 끝없이 이어갔다.

"엄마가 더 크면 할머니가 되겠지. 그럼 뭐…. 뭐를 하고 살지?"

아이의 뜬금없는 질문에 어안이 벙벙해졌다. 하지만 나는 당장 배가 고팠고, 방금 비벼놓은 비빔밥을 마저 먹어야 했다. 퇴근할 때쯤 밀려오는 극심한 허기는 뭐라도 먹어야 겨우 진정이 되었다. 그도 그럴 것이 그때 나는 셋째 출산을 한 달 정도 앞둔 만삭 엄마였기 때문이다.

그날 어린이집 활동 주제가 꿈이었나보다. 아이가 옆에서 재잘재잘 이야기하는 동안 나는 비빔밥을 말끔히 먹어 치웠다. 그릇을 치우기 위해 일어나는데, 몸이 너무 무거웠다. 허리에 손을 얹어 지지한 후에야 겨우 일어났다.

"아이고! 허리야."

곡소리가 절로 났다. 출산이 한 달 남은 엄마에게, 이제 4살, 5살이 된 연년생 딸 둘을 독박육아하고 있는 엄마에게, 무거운 몸으로 꾸역꾸역 출근하기 바쁜 엄마에게 꿈이 뭐냐고 묻는 딸아이가 야속했다. 내 몸 하나 건사하기 힘든 이 시점에서 꿈을 찾아 말하라니! 첫째 아이를 가졌을 때부터 입었던 임부복이 이제 해질 대로 해져있었다. 무릎이 늘어난 레깅스는 그날따라 참 초라했다.

엄밀히 말하면 나는 기간제 교사였다. 기간제 교사는 학교의 정규직 교원 자리에 부득이한 결원이 발생한 경우 이를 충원하기 위해 채용하는 비정규직 교원을 말한다. 결원이 발생하는 기간만큼 계약이 이루어지는데, 나는 주로 1년 단위로 계약을 하며 근무를 했다. 운 좋게도 마지막으로 일했던 학교에서는 2년 연속 일을 할 수 있었다. 3월 출산을 앞두고 2월까지 일을 마무리 지어야 했다. 계획은 3년 정도 일을 하고 셋째를 가지려고 했다. 그런데 정말 생각지도 않은 시점에 아기가 찾아왔다. 일이 너무 힘든 시기여서 임신 소식은 사실 반갑지 않았다. 무척 당황했던 기억이 난다. 지금 생각해보면 복덩이가 틀림없었지만 말이다.

사실 아이를 키우며 기간제 교사로 일하는 것도 나쁘지 않다고 스스로 합리화하고 있던 참이었다. 가까운 곳에 자리가 있으면 지원하고, 운 좋게 합격하면 일하면 그만이었다. 집과 멀리 있는 학교는 자리가 있더라도 아이 때문에 내가 지원을 하지 않을 테니까. 원하지 않은 학교에 발령받아 일하는 것보다 어쩌면 이 생활이 더 나을지도 모른다고 생각했다. 스스로 그렇게 합리화하고 지내니 마음은 편했다. 육아맘에게 기간제 교사라는 직업도 나쁘지 않았다.

"인생 뭐 있어. 힘들게 살지 말자."

남편은 나에게 이런 말을 자주 했다. 부부생활을 몇 년 하다 보니 처음에는 마음에 들지 않던 그 말이 나에게 점점 위안이 되었다. 아이들 낳고 키우는 게 얼마나 힘든 일인데! 굳이 더 힘들게 공부한다고? 게다가 이제 곧 세 아이의 엄마가 될 텐데. 꿈을 위해 뭔가 도전하는 것이 엄두가 안 났다.

어쨌든 그 당시 나는 미래를 생각할 겨를이 없었다. 일이 정리되는 대로 셋째 아이 출산을 위한 준비에 돌입해야 했다. 커서 뭐가 되고 싶냐고? 조금은 싱거운 질문이라는 생각이 들었다. 그리고 잊어버리고 있었는데, 아이가 일주일 뒤 같은 질문을 했다. 음…. 엄마가 커서 되고 싶은 거 말이지…. 그 뒷말을 뭐라고 해야 할지, 고민이 깊어졌다.

아이의 질문에 내 어릴 적 꿈이 뭐였는지 생각하다 나의 개인 파일을 뒤적였다. 20대 때 괜히 학창 시절이 그리워 중, 고등학교 행정실에 찾아가 생활기록부를 떼어서 본 적이 있다. 파일 속 생활기록부에서 어릴 적 나의 꿈을 만났다.

나는 전라남도에 있는 면 단위의 작은 마을에서 나고 자랐다. 고등학생 때까지 그곳에서 생활했다. 중학생 때까지 나의 꿈은 줄곧 화가였다. 초등학생 때 미술대회에 나가 작은 상을 받은 것을 계기로 중학생 때도 미술대회에 나갔다. 그렇게 상이 쌓이면서 나는 단순하게 화가를 꿈꿨다. 나의 고입의 목표는 오로지 예고였다. 나보다 3살 많은 첫째 언니가 사립 예고를 다니고 있었다. 나도 그 학교에 진학하고 싶었다.

그런데 예술 분야가 그렇듯 생각보다 많은 돈이 들어갔다. 지방행정 공무원인 아버지와 전업주부인 어머니의 벌이로 큰 언니의 학비를 모두 충당하기엔 역부족이었다. 20년 전인데도 꽤 큰 액수가 필요했다. 힘들어하시는 두 분의 모습을 보고 나는 예고 진학의 꿈을 접었다. 5남매 중 첫째 언니의 학비로 힘들어하시다니. 굳이 나까지 부모님 어깨에 그 무거운 짐을 얹어드릴 수는 없었다.

그 후로 나는 참 많은 직업을 나의 꿈이라고 적어냈다. 공식에 대입하면 답이 딱 맞게 떨어지는 수학이 좋아 수학 선생님이 되고 싶기도 했고,

언젠가는 다시 그림을 제대로 공부해 디자인 쪽에서 일하고 싶다는 막연한 꿈을 꾸기도 했다.

고등학생 때는 동아리 활동을 통해 한 달에 한 번 봉사활동을 나갔다. 요양원, 보육원 등 다양한 기관을 찾아갔다. 그중 나의 대학 진학을 결정지은 것은 소록도 봉사활동이었다. 소록도는 한센병 환자들이 많이 거주하는 곳이었다. 처음 그분들을 대할 때는 두려운 마음이 많았다. 하지만 함께 이야기를 나누고 식사를 하면서 그 마음이 조금씩 사라졌다. 그리고 그곳을 다녀온 후 자꾸 그분들이 생각났다. 그렇게 나는 자연스럽게 장애와 관련된 일을 하고 싶다고 생각했고 결국 특수교육과에 진학하게 된 것이다. 기간제 교사로 일하면서도 만족할 수 있었던 이유는 내가 하고 싶은 일을 할 수 있었기 때문이었다. 그것만으로도 감사했다.

엄마의 꿈이 뭐냐고? 꿈이라…, 어릴 적 엄마는 커서 무엇이 되고 싶었을까? 엄마는 더 크면 어떤 일을 하고 싶을까? 아이가 내게 질문한 뒤로 진지하게 고민하는 시간이 늘어갔다. 머릿속은 며칠 동안 그 생각으로 가득했다. 어느 날 잠든 아이들을 뒤로하고 거실 소파에 앉아 생각에 잠겼다. 아이만 키우고 말 건 아니었다. 아이를 키우고 나서 할 수 있는 일을 찾아야 했다. 구직 활동을 위해 전전긍긍하는 경단녀 말고, 육아 후에도 돌아갈 곳이 정해져 있는 일을 하고 싶다는 생각이 간절했다. 출산을 위해서 직장을 그만둬야 하는 기간제 교사가 아니라, 나도 당당히 출산휴가를 내고 출산 준비를 하고 싶다는 생각이 막연하게 들었다. 그렇게 아이의 질문은 나의 인생 질문이 되었다.

"엄마는 커서 뭐가 되고 싶어?"

Part1

잃어버린 꿈을 찾아서

서른이면 뭐라도 되어 있을 줄 알았지

어쩜 그렇게 바보 같은 대답이 있을까. 엄마는 다 큰 어른이라고? 꿈을 이뤄서 꿈이 없다고? 아이가 실망하며 한숨 섞인 말투로 다시 질문을 던진 건 당연했다. 아무리 배가 고파도 그렇지. 그렇게 말하는 것이 아니었다. 하지만 이미 엎질러진 물. 다음에 아이가 같은 질문을 한다면 그때는 내 마음속에 꽁꽁 싸매고 숨겨두었던 진짜 꿈을 말하리라 마음먹었다. 아이에게 굳이 기간제 교사가 무엇인지 설명할 필요는 없다고 생각했다. 그렇게 며칠 동안 아이의 질문을 곱씹으며 내린 결론은 이랬다. 서른 중반에 들어선 나이지만 나는 아직 성장하고 있고, 진짜 꿈을 이루지는 못했다는 것. 그건 사실이었다.

사실 이 나이면 뭐라도 되어 있을 줄 알았다. 아니, 서른이면 많은 사람이 자신이 원하는 것을 어느 정도 이루고 안정기에 접어드는 시기가 아닐까 생각했다. 하지만 그건 큰 착각이었다.

뉴스에서 청년 실업과 경력단절 된 엄마들의 이야기, 사십 중반이면 조기 퇴직하는 중년 남성들에 관한 이야기를 심심치 않게 접한다. 씁쓸한 사회의 현상을 고스란히 보여주는 것이다. 나도 그 사람 중의 하나였다. 이런 상황에서 서른이면 안정된 삶을 살고 있을 거라고 단정했었다니. 가당치 않았다.

김광석의 〈서른 즈음에〉 노래의 가사가 그날따라 가슴을 후벼 팠다. 청춘인 줄 알고 착각 속에 빠져 살았는데, 어느덧 내 나이가 서른 중반에 접어들었다니! 어느 순간도 그대로 머물러 있지는 않았다. 결혼하고 아이를 낳아 키우며 서른을 정신없이 보내버렸다. 20대와 30대의 경계를 아무런 의식도 치르지 않고 아무렇지 않게 넘어와 버렸다. 적어도 20대의 나를 돌아보고 30대를 위한 건설적인 계획쯤은 세웠어야 했다.

그렇게 마냥 흘러간 시간이 안타까웠지만, 다른 한편으로 나를 옹호하고 싶기도 했다. '그렇다고 내가 아무것도 하지 않고 이 나이가 된 건 아니지 않은가!'라고 말이다. 나는 결혼을 했고, 아이를 낳아 키우고 있으며, 게다가 일까지 하느라 꿈 따위는 신경 쓸 마음의 여유가 없었다. 어릴 때부터 현모양처가 되는 것을 꿈꿨는데, 어쩌면 지금의 삶이 거기에 맞닿아 있는 건 아닐까 생각하며 안심했다.

그러다가 불쑥불쑥 불안함이 밀려왔다. 진짜 내 꿈이 뭐지? 뭐였을까?

생활기록부가 들어있는 파일을 뒤적거리다 25살에 만들었던 인생 계획표를 떡하니 맞이하였다.

스물다섯, 기간제 교사로 일하던 첫해. 어느 날 아버지가 인생 계획표를 제출하라고 하셨다. 그리고 일주일의 기한을 주셨다. 임용 시험에 떨어졌다고 졸업 후 바로 기간제 자리를 구해 일하는 내가 못마땅하신 모양이었다. 불투명한 미래가 불안했던 나처럼, 부모님도 걱정이 많으셨나 보다. 늘 자식들이 하고 싶은 일이라면 적극 지지해주시는 분이었기에 어떤 마음이셨을지는 충분히 이해가 되었다. 원하는 일이라면 좀 더 공부해서 임용 시험에 합격했으면 하는 바람을 자주 말씀하셨다.

나의 인생 계획표는 20대 중반의 발랄함으로 참 재미있게도 쓰여 있었다. 당시 유행하는 드라마 남자 주인공 사진을 잡지에서 오려 붙이고는 이런 남편을 고른다고 당당히 말했다니. 지금 내 곁에 있는 사람은 현실 남편이지만 말이다. 남편에게 이 계획표를 보여줬더니 박장대소하며 웃었다. 자신이 젊었을 때는 그 사람보다 더 훈남이었다나. 믿거나 말거나.

내가 작성한 인생 계획은 이랬다. 27세 임용고시 합격, 28살에 연예인을 닮은 훈남을 만나 결혼하기, 세 아이를 낳아 키우며 육아휴직 하기, 상담 대학원 다니기, 25년 경력 쌓고 은퇴하기, 발길 닿는 대로 여행하기, 봉사하기 등 당시 하고 싶은 것들이 줄줄이 쓰여 있었다. 계획대로라면 탄탄대로였다. 거리낌이 없었고 패기가 대단했다.

사랑하는 사람과 결혼해 아이 셋을 낳아 키우겠다는 계획은 곧 이루어질 시점이었다. 내가 꿈꿔 온 현모양처의 꿈은 진행 중이지만, 자아실현 부분에서는 별다른 노력을 기울이지 않았다는 걸 깨달았다. 내 인생이 계획대로 모두 이루어질 거라는 기대는 하지 않았다. 하지만 9년이 지나 인생 계획표를 마주하니 씁쓸한 기분이 들었다. 가장 먼저 쓴 계획이고 또 그만큼 가장 원했던 임용고시 합격에 대한 바람은 잊힌 지 오래였기 때문이다.

임용 시험에 합격한 후 결혼하겠다던 내 계획은 이루어지지 않았고 지금까지도 이루지 못하고 있었다. 그럭저럭 살다가 남편을 만나 결혼하고 그 생활에 안주하게 된 것이다. 꿈은 결혼이라는 테두리 안에 숨어서 도통 나올 생각이 없어 보였다. 공부를 할 수 없는 다양한 핑곗거리를 만들어 현실과 타협했다. 나는 그때도 지금도 기간제 교사의 자리에 머물러 있었다.

스물다섯의 나에게 미안했다. 얼굴이 화끈거리기 시작했다. 뭐라도 해야 할 것 같았다. 서른을 훌쩍 지나 서른 중반에 셋째 아이를 출산하기 직전이지만 지금이라도 내 삶의 방향을 잡아야겠다고 생각했다. 생각 없이 살다간 지금처럼 흘러가는 대로 살게 될 게 뻔했다.

그리고 무엇보다 남편의 직업이나 일로 내가 평가받는 것이 뭔가 대리 인생을 사는 것 같아 항상 불만이었다. 결혼하고 많이 받은 질문 중 하나가 바로 남편의 직업이었다.

"남편은 무슨 일 해?"

"능력 있는 남편 있으니 셋째 낳고 집에서 아이들 잘 키우면 되겠네!"

누구도 내 일에는 관심이 없었다. 기간제 교사 특성상 자신이 원하는 때 계약직으로 잠깐 일을 하고 나면 끝이라는 걸 잘 알고 있기 때문이다. 마치 단기 아르바이트처럼 생각하는 사람들이 많았다. 그런데 나도 자신을 그런 시선으로 바라보고 있었다. 기간제 교사로 일하는 것에 대한 자부심이 부족했고, 내 삶이 여기서 멈춘다면 만족스럽지 못할 것 같았다.

결혼이라는 울타리가 어떤 때는 위안이 되었다가 또 어떤 날은 답답한 굴레가 되었다. 이 울타리를 깨고 나가 내 삶을 살아야겠다고 다짐했다. 내 꿈을 이루고 오로지 나의 모습으로 평가받는 삶 말이다. 이제는 뭐라도 해봐야지! 더 미룰 수 없었다.

셋째 아이 출산과 육아를 위해 다시 경력 단절된 아줌마로 살아야 할 시간이 두려워 불평불만을 쏟아내던 시간. 나는 지금까지와는 다른 나로 살아야겠다고 두 주먹 불끈 쥐었다.

'일단 임용고시 공부를 해야겠어. 단 하루를 일하더라도 나도 정규 교사로 일해야지. 그 꿈을 이뤄봐야 다른 꿈에도 도전할 수 있을 것 같아.'

책장에 꽂혀있는 많은 책 중 꿈을 위해 도전했던 사람들의 이야기를 찾아보았다. 뭔가를 이루기 위해서 이렇게까지 노력했다고 생각하니, 조금 위축되기도 했다. 과연 내가 할 수 있을까? 미혼이었을 때도 공부하기 싫어서 그렇게 도망 다녔는데, 애 셋 키우며 내가 공부를 할 수 있을까? 서른넷, 꿈에 도전해도 괜찮을까? 나에 대한 부족한 믿음 때문에 선뜻 행동으로 옮기지 못했다.

그런데도 나는 "엄마는 커서 뭐가 되고 싶어?"라는 아이의 질문에 답을 하고 싶어졌다. 그리고 결심했다. 이제는 나이나 환경 따위에 제한을 두지 않기로 했다.

희생만 하는 육아의 함정

"육아는 엄마의 희생이 필요해."

그동안 수없이 많이 들어본 말이고, 나도 그런 삶을 살았다. 또 주변 엄마들을 통해 '희생이 필요한 육아'를 실제 목격했기 때문에 단단히 각오하고 있었다.

그런데 나는 이 희생이라는 말이 참 답답하게 들렸다. 이제 곧 아이 셋이 된다. 살림에 공부까지 해 나갈 생각을 하니 희생이라는 단어가 더욱 부담스러웠다. 희생이라는 단어의 뜻을 찾아보니, 다른 사람이나 어떤 목적을 위해 자신의 목숨, 재산, 명예, 이익 따위를 바치거나 버림, 또는 그것을 빼앗기는 것이란다. 희생이란 단어가 이리 심오했나. 나는 이렇게까지 해서 아이들을 키울 자신이 없었다. 무엇보다 나 자신이 닳고 닳도록 헌신해야만 하는 육아라니. 행복한 가정을 꿈꿔왔던 터라 각오하고 있었지만, 점점 지쳐갔다. 억울하다는 생각까지 들었다.

임신과 출산이 체질이라는 소리까지 들었지만, 아이를 키우는 것은 녹록지 않았다. 누가 딱 돌까지만 키워줬으면 좋겠다는 생각이 절로 들었다. 한두 시간마다 일어나 엄마를 찾는 신생아를 돌보는 것이 가장 힘들었다. 엄마인 내 몸이 회복되지 않은 상태였기 때문이었다.

나는 조리원이라는 곳을 가보지 못하고 집에서 몸조리했다. 그래서 그런지 24시간 아이와 밀착해 있는 것이 가장 힘들었다. 내 몸이 회복되어야 하는 시간에 나보다 아기에게 더 매달려야 했으니! 감정의 기복도 커지는 시기였던 것 같다. 신생아 시기가 지나 좀 괜찮아질까 싶을 때쯤 이유식을 먹여야 하는 시기가 왔다. 재료를 삶아 손수 다지고 으깨 이유식을 만들다 보면 내 밥 먹는 시간은 훌쩍 지나있었다. 그러니 끼니를 대충 해결하는 날들이 많아졌다. 점점 식욕도 잃어갔다.

첫째를 키울 당시 점점 지쳐가는 마음이 좀처럼 회복되지 않았다. 모유 수유를 하기 위해 억지로 끼니를 해결해야 하는 것이 너무 싫었다. 생후 8개월쯤 지나 단유를 하고 나니, 먹어야 할 이유가 없었다. 커피로 끼니를 때우는 날이 많아졌다. 아이가 돌 때쯤 내 인생 최저치 몸무게를 경신했다. 돌잔치 사진을 보면 그때 나의 상황들이 고스란히 떠오른다. 나를 비껴가지 못한 육아 우울증을 그렇게 그럭저럭 보내고 있었다.

둘째를 낳고 키울 때 또다시 육아 우울증이 찾아올까 봐 겁이 났고 무서웠다. 아니나 다를까 그런 기운들이 스멀스멀 올라왔다. 그때쯤, 나는 탈출을 감행했다. 집 근처 학교에 기간제 교사 공고가 난 걸 보고 일을 하기로 마음먹었다. 그리고 둘째 아이가 딱 122일이 되던 날, 두 아이를 가정 어린이집에 맡기고 출근을 시작했다.

일과 육아를 병행하느라 아이에게만 온전히 신경 쓸 겨를이 없었다. 정신없이 지낸 탓에 육아 우울증이 찾아왔는지도 몰랐다. 근무시간에 내 일을 하고, 퇴근 후 잠깐씩 아이들을 보니 더 애틋한 마음이 들었다. 아이들과 보내는 시간이 질적으로 달라진 걸 경험했다. 대신 독한 엄마, 희생하기를 거부한 엄마, 애정이 부족한 엄마가 된 듯한 죄책감은 어쩔 수 없었다.

육아를 위해 자신의 삶을 희생하신 대표적인 분들이 우리네 부모님이다. 실제 친정엄마나 시어머니는 아이를 다섯이나 낳고 키우시며 농사일을 하신 분들이다. 그 시대에는 다들 그렇게 살았다고 하지만, 정말 존경하지 않을 수 없다. 한번은 친정엄마에게 물었다.

"엄마는 우리 키우면서 힘들지 않았어? 하나둘도 이렇게 힘든데 어떻게 다섯을 낳고 키우며 농사일하고 살림까지 했어? 거기다 할머니 모시는 게 보통 일이 아니었잖아?"

"뭣도 모르고 키웠지. 너 낳을 때는 전날까지 가을 추수하고 낳았고, 넷

째도 마찬가지였어. 보리 추수하고 있는데 진통이 와서 그날 저녁에 출산했어. 그 시대에는 다 그렇게 살았지 뭐. 먹고 사는 것이 바빠서 아이도 제대로 못 키웠는데 이렇게 건강하게 다 잘 자라줘서 고맙지."

먹고 사는 것이 바빠 육아에 신경 쓸 겨를이 없었단다. 그 삶이 얼마나 팍팍했을지 지레짐작만 할 뿐이다. 이 땅의 모든 엄마, 아빠들이 그렇게 자식을 위해 헌신하고 희생한 덕분에 우리가 이만큼 자라날 수 있었던 건 맞다. 그런데, 그 과정에서 잃어버리는 자신들의 모습은 그 누구도 보상해줄 수 없다.

몇 년 전, 친정 아빠가 정년퇴직하시고 이런 말씀을 하셨다.

"나이 먹은 것이 참 서럽다!"

나는 가끔 이 말이 불쑥불쑥 떠오른다. 그리고 이내 눈물이 그렁그렁 맺힌다. 두 분이 다섯 명의 자식들을 키워내기 위해 얼마나 많은 희생을 해야 했을까. 정신없이 5남매의 학비 대고 키워 놓으니 본인들은 벌써 예순이 훨씬 지나 퇴직할 나이가 됐더라는 것이다. 그렇게 자신들의 시간 없이 온전히 아이들을 먹이고 입히고 학교 보내는 것만 신경 쓰셨다. 그 당시에는 당연하게 생각했던 것들이지만, 사실 두 분의 엄청난 희생과 헌신이 있었기 때문에 가능했다는 것을 아이들을 키우면서 깨닫게 되었다. 본인들이 자식을 키울 때는 먹고 살기 바빠 아이가 이렇게 예쁜지 잘 몰랐다고 하신다. 손자 손녀들이 재롱이나 애교를 부리면 예뻐 어쩔 줄 몰라 하신다. 그리고 아이들에게 용돈을 쥐여 주시고, 나에게도 용돈을 챙겨주시면서 항상 이렇게 말씀하신다.

"아이들 예쁘게 키워라. 그리고 너도 잘 돌봐라."

나는 부모님의 희생으로 대학을 나왔지만, 부모님은 그렇지 못했다. 어릴 적 학교에서 가족 사항을 적을 때 아빠는 고졸, 엄마는 중졸이라고 적는 것이 창피했다. 특히 엄마가 중졸이라는 것에 나는 작지 않은 충격을 받았던 기억이 난다.

초등학교 2학년 때, 부모님께 편지를 쓰고 답장을 받아오는 숙제가 있었다. 나는 엄마에게 짧은 편지글을 썼고, 엄마에게 보여드렸다. 그리고 엄마가 답장을 써줘야 숙제가 인정된다는 걸 알려드렸다. 사실 답장을 받을 것이라고 기대를 하지 않았다. 엄마가 글 쓰는 모습을 본 기억이 거의 없었고, 중학교 졸업이라는 것에 나는 속으로 엄마를 약간 무시했었던 것 같다. 그런데 다음 날 아침 엄마는 나에게 고이 접은 종이쪽지를 건네주셨다. 그것은 내가 엄마에게서 받은 첫 편지였다.

처음에는 숙제를 낼 수 있다는 안도감이 먼저 들었다. 그리고 학교로 가는 버스 안에서 쪽지를 펼쳤을 때 너무 놀랐다. 엄마가 그 종이 한바닥 빼곡하게 편지를 써주셨기 때문이다. 심지어 글씨는 왜 이리 예쁜지. 평소 내가 생각한 엄마가 아니었다. 등교하는 버스 안에서 엄마의 새로운 세계를 만났다. 엄마도 그렇게 멋진 말들을 써 내려갈 수 있는 사람이었음을. 나를 향한 사랑이 가득한 엄마였음을.

그 당시 엄마는 지금의 내 나이보다 훨씬 젊으셨다. 그런데도 그렇게 아이들과 일에 묶여 자신의 꿈 어느 것 하나 제대로 펼쳐보지 못하고 묵묵히 그 시간을 견뎌내신 것이다. 얼마나 답답하셨을까? 내가 엄마였다면 어떤 삶을 살아냈을까? 상상만 해도 버거웠다.

나는 두 분처럼 그렇게 후회하는 삶을 살고 싶지 않았다. 부모님의 조언대로 나 자신도 돌보며 살고 싶었다. 자라나는 아이들만큼 나도 성장하고 싶었다. 하지만 이미 두 아이를 키워봤으니, 앞으로 어떤 일이 펼쳐질지 눈앞에 훤했다.

온전히 아이에게만 집중한다고 해서 아이를 더 잘 키울 수 있는 건 아니라는 걸 잘 알았다. 나의 경우는 그랬다. 아이와 온종일 붙어 있으면 아이들에게 더 많은 사랑을 표현해주고, 더 좋은 것을 해먹일 수 있을 것 같았다. 하지만 꼭 그렇지만은 않더라는 걸 잘 알고 있었다. 셋째 아이부터라도 육아에 대한 관점과 패턴을 바꾸기로 했다. 희생 말고 성장, 동반성장의 시간으로 만들리라. 아이의 성장과 더불어 나도 성장하는 시간! 생각만 해도 설레었다.

독박육아에 지친 나를 살린 책

"오늘 갑자기 회식이 잡혔어. 아이들하고 먼저 저녁 먹어."

퇴근을 앞두고 걸려온 남편의 전화였다. 갑자기 회식 약속이 잡히는 경우가 잦은 터라 그러려니 했다. 남편의 회식은 1차에서 끝나는 날이 거의 없었다. 회식이 있는 날이면 늦은 밤이나 새벽이 되어야 귀가하는 남편이었다. 그런 날은 나 혼자 아이들 저녁을 먹이고 재워야 했다. 그렇게 아이들과 지지고 볶느라 지쳐 잠들기 일쑤였다. 늦게 들어오는 남편 얼굴을 보지 못한 날도 허다했다.

모처럼 남편이 좋아하는 고등어조림을 하려고 땀을 삐질삐질 흘려가며 장을 봐 온 게 억울했다. 급하게 칼질을 하느라 손가락이 베여 밴드를 붙였었다. 너덜너덜 곧 떨어질 것 같은 밴드가 꼭 내 마음 같았다. 남편 퇴근 시간에 맞춰 저녁을 하려고 서두른 내가 한심하게 느껴졌다. 가스

레인지 위에서 보글보글 끓던 고등어조림은 주인을 찾지 못한 채 그렇게 식어갔다.

나도 다른 육아 맘들과 비슷한 이런 상황을 자주 경험했다. 아이들 먹이고 재우고 씻기느라 엄마 자신의 모습은 온데간데없었다. 그럭저럭 하루를 보내고 오매불망 퇴근하는 남편만 기다리는 것이 일상이 되었다. 그런 남편마저 위로가 되지 못한 시간이 반복되니 너무 답답해졌다.

나는 속마음을 제대로 표현하지 못하는 사람이었다. 특히 가까운 가족들에게는 더욱 그랬다. 남편도 예외가 아니었다. 갑자기 회식이 잡혀 늦는 날이면 연인에게 퇴짜를 맞은 기분이 들었고, 결국 우울한 감정까지 싹트기 시작했다. 퇴근 후에 일그러진 내 표정을 보며 남편은 무슨 일 있냐며 물었지만, 나는 딱 잘라 단호하게 아무 일도 없다고 말했다. 하지만 죽을상을 하고 있는 내 표정은 숨길 수 없었다.

남편과 아이들이 딱히 잘못한 것이 없는데도 내 감정 기복에 따라 가족들을 대하고 있었다. 언제 어떻게 변할지 모르는 그 당시에는 내 모습은 아이들과 남편에게 매우 불안하게 느껴졌을 것이다. 언성이 조금이라도 높아지면 내 눈치를 보는 큰아이의 표정을 나는 지금도 잊을 수가 없다. 그 당시에는 내 기분이 가라앉고 우울해진 이유가 무엇 때문인지 몰랐다. 단지 대화의 상대가 필요했고 당시 감정에 대해 함께 나눌 누군가가 필요했다. 그 대상을 찾지 못했고 어떻게 대화해야 하는지를 알지 못했다. 대화가 통하지 않는 어린아이들에게 위로를 받기란 사실상 힘들었다.

남편 직장은 주말이 따로 없었다. 남편과 결혼을 결심하기 전에도 그 부분이 가장 마음에 걸렸다. 남편은 필요하면 언제든지 일을 조정할 수 있다고 나를 설득했었다. 결혼하고 살아보니, 그 말이 반은 사실이고 반은 거짓이라는 걸 알았다. 사실 매주 주말을 비우고 가족들과 시간을 보낼 수 있는 건 아니었다. 주말을 비우는 날은 시댁이나 친정에 가는 날, 오랜만에 가족 나들이를 계획한 날, 남편 직장 동료나 친구의 결혼식이 있는 날 등이었다. 내 친구의 결혼식을 가기 위해 시간을 비워달라고 말을 떼기가 어려웠다. 같이 가달라는 부탁까지는 아니더라도 나의 일정 때문에 아이들을 봐달라며 부탁하는 것이 왜 그리도 어려웠는지. 새벽에 일찍 출근하며 힘들게 일하는 남편인데 내 사정 때문에 주말까지 뭔가를 부탁하고 스케줄을 만드는 건 아니라는 생각이 들었다.

그렇게 남편 위주, 아이들 위주의 삶이 이어졌고 나는 점점 사라져갔다. 주말에도 아이들과 지지고 볶는 시간이 늘어가면서 슬슬 지치기 시작했다.

친정과 시댁 모두 멀리 떨어져 있었고, 가까운 곳에 내 형제들이 사는 것도 아니었다. 게다가 첫째 아이를 출산할 때쯤 남편 직장과 가까운 곳으로 이사까지 왔다. 주변에 친하게 지내는 동네 엄마들도 없었다. 나의 유일한 인간관계는 아이들과 남편이 다였다. 나의 생활 공간도 24평이 전부였다. 이 작은 공간에 묶여있다는 것이 갑갑해졌다. 나가봐야 고작 동네 마트, 병원, 공원이 전부인 일상이 힘들었다.

나 혼자만의 외출이라면 위안이 되겠지만, 그마저도 허락되지 않았다. 한 명은 아기띠로 등 뒤에 업고, 한 명은 유모차에 태우고 나가야 하는 외출이 그다지 즐겁지만은 않았다. 한번 외출할라치면 챙겨야 할 짐은 왜 그리 많은지. 하다못해 마트를 가도 기저귀에 물티슈는 필수였다. 화장기없는 얼굴로 동네를 누비고 다니는 삶. 창살 없는 감옥이 이런 느낌이겠다 싶었다.

햇살이 맑은 어느 봄날, 아이를 씻기고 거실에서 잠시 앉아 멍하니 휴식을 취하고 있었다. 베란다를 통해 들어오는 햇살이 눈이 부셨다. 비가 온 다음 날이라 그런지 미세먼지 없는 맑은 공기가 눈에 들어왔다. 그렇게 뭔가에 이끌려 베란다로 걸어갔고, 그렇게 아무 생각 없이 저 아래 주차된 차를 물끄러미 바라보고 있었다. '10층이 이렇게 높았나? 여기서 떨어지면 어떻게 될까?' 그런 실없는 생각을 하고 있었다. 반쯤 정신줄을 놓고 있을 때쯤 거실에서 베란다 쪽으로 기어오는 첫째 딸 아이 소리가 들렸다. 덕분에 정신을 차렸다.

가만 생각해보니 그즈음 나는 나흘 동안 집 밖으로 한 발자국도 나가지 않았다는 걸 알았다. 그냥 이유 없이 무기력했다. 베란다 한쪽에는 다 쓴 기저귀로 가득 찬 쓰레기봉투들이 널브러져 있었다. 엄마로서 기계적으로 아이들을 키우고 있는 내가, 나를 잃어버린 내가 그저 안쓰러웠고 불쌍했다. 밤에 잠이라도 실컷 잤으면 하는 바람은 비현실적인 꿈이라는 걸 잘 알고 있었다.

나는 집구석에서 아이들만 바라보며 하루하루 버티고 있는데, 남편은 자신이 맡은 일도 척척 해내며 사회생활을 하고 있다는 게 부러웠다. 무엇보다 회사에서 대화가 되는 누군가와 말이라도 하며 지낸다는 것에 그저 시기가 났다. 남편이 이유 없이 미워지기 시작했다. 하지만 남편에게는 아무 잘못도 없었다.

주변에 수다를 떨 사람도 딱히 없었다. 누구는 놀이터에 가서 아기 엄마들을 사귀고 친구가 된다고 하는데 나는 또 그럴 넉살이 없었다. 집에서 아이들을 돌보며 세상과 소통할 수 있는 유일한 곳이 인터넷 세상이었다. 그래서 아이를 키우며 가장 먼저 맘카페에 가입했다. 아이들을 키우며 궁금한 것이 있거나 육아에 필요한 트렌드가 뭔지 알아보기 위해 가장 먼저 접속하는 인터넷 공간이었다. 그곳은 새로운 세상이었다. 검색하다 보면 정말 없는 정보가 없었다. 내가 올린 글에 댓글이 달렸나 수시로 들어가 확인해보며 시간 가는 줄 몰랐다.

맘카페 글을 읽다 보니 책을 읽고 후기를 쓴 글이 눈에 띄었다. 알고 보니 후기를 올려주는 대신 책을 공짜로 주는 서평 활동이었다. 이곳저곳 검색을 하다 서평 활동을 하는 다양한 카페를 알게 되었다. 새로 나온 신간을 공짜로 받고 읽을 수 있다니 신기하기만 했다. 나의 관심은 맘 카페에서 자연스럽게 서평 카페, 북카페 등으로 옮겨갔다. '이거다!' 싶었다. 나의 우울한 마음을 달래줄 취미를 찾은 것이다. 그해 내가 책을 받아 읽고 인터넷에 올린 서평 글이 100개가 넘었다. 지금 생각해보니 그때가 가장 힘들었던 시기였던 것 같다.

평소 책을 잘 읽지 않았고 읽어야 자기계발서 읽는 것이 고작이었다. 짧은 지식으로 이런 저런 책들을 받아 읽었는데 그것 자체로 참 재미있었다. 밤에 깊이 잠들지 못하는 아이를 등에 업고 책을 읽고 서평을 올리기도 했는데 그게 그렇게 행복했다. 그렇게 독박육아의 기나긴 터널을 지나고 있었다.

분명 아이들을 낳고 키우는 것, 행복한 가정을 꾸리는 것이 오랜 꿈이었는데도 현실 육아는 마냥 즐겁고 행복하지 않았다. 독박육아가 이리 힘들 줄이야. 각오만으로는 그 시간을 버티기 힘들었다. 육아 전쟁이라는 말이 전적으로 공감이 되었다. 육체적인 피곤과 힘듦보다 마음이 병들어 가는 것이 더 힘들었다. 그게 뭐든 육아 말고 몰입할 수 있는 무엇인가가 필요했다.

독박육아의 어둡고 긴 터널에서 내게 유일한 빛이 되었던 건, 바로 책이었다. 독박육아의 시기에 나에게 유일하게 빛이 되어준 책이 지금은 너무 고맙다. 그렇게 나는 나만의 방식으로 힐링하는 방법을 찾았다. 더구나 그때는 몰랐지만, 그때의 책 읽기는 이후 내가 공부하는 데 많은 도움이 되었다.

가끔은 이기적이어도 괜찮아

다들 최소한 3년은 부모가 애착 육아를 해야 아이가 정서적으로 안정된 아이로 자란다고 말한다. 그런데 나는 3년이라는 시간을 버틸 여력이 없었다. 집에서 육아만 하다가는 반쯤은 미치겠다 싶었다. 그렇게 도망치듯 기간제 교사로 일하기 시작했다.

아이만 전적으로 키운 시간이 정확히 2년도 되지 않았다는 사실에 놀라웠다. 아이 셋을 낳아 키우겠다는 엄마가 고작 2년이라는 육아 시간을 버티고는 두 손 들고 항복했으니 말이다.

누구도 등 떠밀지 않았지만 나 스스로 필요에 의해 일터로 나왔다. 남편도 처음에는 일하는 것을 말렸다. 하지만 내 뜻이 견고해 더 이상 육아만을 강요하지 않았다. 자신이 아이들의 등원이나 하원을 도와줄 수 없다는 점만 다시 인지시켜줄 뿐이었다.

기간제 교사로 일을 다시 시작하며 나는 아이들의 등원과 하원을 도맡았다. 초등학교에서 근무하게 된 나의 스케줄에 따라 아이들의 등·하원이 결정되었다. 그것도 나쁘지 않았다.

둘째가 122일 되는 날 첫 출근을 했다. 누구는 모성애가 부족하다고 말했고, 누구는 이기적인 엄마라고 했다. 누군가는 기지도 못하는 아이를 떼어놓고 일하러 나간다고 독한 엄마라고 말하기도 했다. 아이를 속싸개에 싸서 어린이집에 맡기는 내 마음도 그리 좋지는 않았다. 그 와중에 자기도 할 수만 있으면 일하러 나가고 싶다고 말해준 동네 엄마 덕분에 힘을 내서 일했다.

어떤 면에서는 출근해서 일하는 게 오히려 더 나았다. 온종일 아이와 밀착해 있는 시간보다 내 역량을 키우고 경력 쌓는 일을 하는 게 더 좋았기 때문이다. 오랜만에 아이들과 떨어져 내 일을 할 수 있다는 것에 감사했다. 그래서 즐겁게 일할 수 있었다.

나는 아이를 키우면서 전업주부에게도 경력을 인정해 줬으면 좋겠다는 생각을 했다. 집에서 아이들만 키우는 시간이 힘들었던 이유 중 하나가 나 자신으로, 엄마로 그 일에 대해 어떤 인정도 받지 못한다는 것이었다. 일하면 쌓이는 경력처럼 엄마 노릇도 그랬으면 좋겠지만 현실은 그렇지 못했다. 인정받는 것까지 바라지 않았다. 그저 '고생한다. 수고한다.' 말 한마디면 마음이 풀릴 것 같았다. '애 키우는 엄마들 대단하다.'

이 한마디면 족하겠다는 생각이 들었다. 하지만 그 수고와 노고를, 그 어려움을 꾸준히 응원해주고 지지해주는 사람이 없었다. 그 누구보다 남편에게 그 말을 들었으면 참 좋았을 것이다. 괜히 경상도 남자겠는가. 그러려니 하면서도 그런 위로를 자주 받지 못하니 마음에 응어리가 졌던 것 같다.

그렇게 나 자신을 잃어버리고 제대로 인정받지 못한 육아를 해내면서, 나는 다시 나를 찾아야겠다고 생각했다. 이 답답한 24평의 굴레에서 벗어나 나의 역량을 키우고 성장하고 싶었다. 나도 대화가 되는 '사람'을 만나 주저리주저리 '말'이라는 걸 해 보고 싶었다. 그래서 나는 워킹맘의 삶을 선택했다. 대단한 사명감으로 일을 했다기보다 내가 살고 싶어 일했다.

어린아이들을 어린이집에 맡기고 일하는 이기적인 엄마란 말을 듣고 나는 생각했다. 내가 정말 이기적인 엄마일까? 이기적이라는 말의 뜻이 '자신만의 이익을 꾀하는 것'이란다. 어떻게 보면 나의 이익, 내가 살고자 일을 시작했으니 이기적인 엄마가 맞겠다 싶었다. 그 말을 들은 이상 나는 그것에 다시는 상처받거나 신경 쓰지 않기로 했다. 뻔뻔하게 살기로 했다. 제대로 이기적인 내 모습을 보여주려고 했다.

워킹맘으로 사는 것이 정말 이기적인 것일까? 한 연구에 따르면 일하는 엄마의 모습을 보고 자란 아이들은 훨씬 경제력이 강한 아이들로 성장한다고 했다. 엄마가 일하는 것이 이기적인 행동일지라도 아이들에게 긍정적인 영향을 끼친다는 것이다. 연구 결과를 떠나서 사실 그렇게 뻔뻔한 척하지 않으면 죄책감 때문에 내가 더 위축될 것이 뻔했기 때문이다.

내가 실제 워킹맘으로 살아보니, 이전보다 여유 있고 따뜻한 엄마로 변해있었다. 그 이유가 무엇일까? 생각해보니 꽤 그럴싸한 이유가 있었다. 첫째, 육아에서 해방된 까닭에 나는 마음의 여유를 얻었다. 둘째, 매달 꼬박꼬박 받는 월급으로 아이들에게 해주고 싶은 것들을 해주는 넉넉한 엄마가 되었다. 세 번째로 주중에 아이들과 보내는 시간이 적다는 것에 대한 미안한 마음 때문에 아이들과 보내는 저녁 시간을 좀 더 깊이 교감하는 시간으로 보냈고, 주말은 온전히 아이들과 함께 시간을 보낼 수 있어 더 애틋한 마음으로 즐겼다.

워킹맘으로 살며 스스로 가장 만족했던 부분은 독박육아로 거칠었던 나의 말투가 훨씬 부드러워졌다는 것이다. 사실 내가 아이들에게 하는 말투를 스스로 의식하기 시작하면서 많은 자괴감에 빠지곤 했다. 엄마의 말투 때문에 아이들이 위축되는 것을 목격한 터라 조심하려고 했지만, 조절이 잘 되지 않았다. 하지만 일을 시작하고서는 마음의 안정을 찾아서 그런지 거친 말투는 정말 많이 줄었다.

무엇보다 일하고 월급을 받으면서 자존감이 높아졌다. 내가 받은 월급으로 나를 위해 책을 사고 옷을 사는 일에 눈치를 보지 않아서 좋았다. 자존감이 올라가는 것은 물론이거니와 남편과의 관계도 더욱 돈독해졌다. 나중에는 내가 일을 해 모은 돈으로 7인승 차를 바꾸는 데 썼다. 남편이 그 차의 명의를 운전도 안하는 내 앞으로 해 줘서인지 왠지 더 뿌듯했다. 남들이 이기적인 엄마라고 불렀던 시간을 나 자신은 그렇게 생각하지 않으려 애썼다. 그 덕분에 무탈하고 즐겁게 2년간의 기간제 교사 생활을 마무리했다.

독박육아의 시간과 워킹맘으로 보낸 시간을 통해 배운 것이 있다면 엄마도 한 인간으로, 나 자신으로 살아야 한다는 것이었다. 그래야 육아도 일도 즐겁게 해 나갈 수 있다는 것을 알게 되었다. 육아의 시간이 그토록 힘들었던 것은 엄마이기 이전에 나 자신으로, 한 인간으로 존재감을 느끼지 못했기 때문이었다.

엄마도 어떤 방법으로든 나로서 살아가는 기쁨을 느껴야 한다. 그래야 긴 육아의 시간 동안 지치지 않고 일과 육아 그리고 나 자신과 아이 사이에 균형을 맞춰 행복한 삶을 살아갈 수 있다. 조금 이기적으로 보이면 어떤가? 그 시간을 통해 나를 찾을 수 있다면, 그래서 좀 더 단단한 나로 또 엄마와 아내로 만들어 갈 수 있다면 그것으로 되었다.

엄마가 이기적으로 산다는 것은 다양한 모습으로 나타날 것이다. 누군가는 자신의 꿈을 위해 시간과 돈을 투자하거나, 누군가는 나처럼 자기 일을 선택해 일을 할 수도 있다. 누구는 자신의 외모를 가꿀 것이고, 누구는 멋진 카페에서 혼자만의 휴식 시간을 가지기도 할 것이다. 하지만 이것이 꼭 아이들과 가족에게 마이너스 효과만을 내지는 않는다고 생각한다. 어느 지점에서는 내가 성장하고 아이들, 남편도 함께 성장하는 교차점이 생기게 된다. 그 지점을 찾으면 행복한 가정으로 거듭나는 것은 시간문제다. 이기적인 엄마가 있어 서로에게 힘이 되고 함께 성장하는 발판이 된다면 더없이 좋겠다. 이기적인 엄마로 사는 것과 가족의 행복이 꼭 이율배반적인 일은 아니라는 확신이 들었다.

아이를 키우면서 엄마가 자신을 위해 무엇인가를 하게 될 때 주변의 눈치를 많이 보게 된다. 그리고 미안함과 죄책감을 느끼기 쉽다. 하지만 그럴 필요가 전혀 없다. 엄마도 사람이다. 자신의 이익을 추구하고 삶의 기쁨을 누려야 할 권리가 있다. 작은 것이라도 이기적이라고 생각하는 그 무엇인가를 만들어야 숨 쉴 구멍이 생긴다. 그 시간, 순간들 때문에 다시 아이를 돌볼 힘이 생기고 가정을 행복하게 꾸릴 이유가 생긴다. 자신을 위해 자책하지 않았으면 좋겠다. 엄마 말고 나 자신의 행복을 위해 오늘부터 이기적인 한 가지를 실천해보는 것은 어떨까?

나도 워킹맘이고 싶다

하루는 퇴근해서 아이들을 데리러 어린이집에 갔는데, 선생님께서 말씀하셨다.

"어머니, 오늘 똑순이 이유식이 잘 익지 않았더라고요. 그래서 점심이랑 오후 식사 시간에 주방 선생님이 다시 물 넣고 끓여서 주긴 했는데, 아무래도 맛이 없는지 잘 안 먹었어요."

"아, 그래요. 죄송해요."

그런 말을 들은 것은 처음이라 적잖게 당황했다. 둘째를 안고 집으로 올라와 이유식 통을 보니 하나는 아예 먹지도 않은 새것이었다. 뚜껑을 열어보는 순간, 아뿔싸. 거기에는 아직 퍼지지 않은 흰 쌀이 그대로 있었다. 한 숟가락 퍼서 먹고 나는 이내 울음을 터뜨렸다. 그동안 쌓여있던 힘든 마음이 제대로 폭탄을 맞았다. 딱딱한 밥을, 아니 쌀을 우적우적 씹으며 꺽꺽 울고 있는데 둘째가 엉금엉금 나한테 기어 와서는 안겼다.

“미안해. 똑순아!”

무슨 부귀영화를 누리겠다고 시작한 일은 아니었다. 내가 살아야겠다고 시작한 일이었는데, 두 아이를 키우며 일을 하는 것은 상상 이상이었다. 무엇보다 너무 바빴다. 저녁에는 화장도 지우지 못하고 아이들과 잠드는 날도 많았다. 새벽에 일어나 식판을 씻어 말린 적도 여러 번 있었다. 일하는 엄마들을 존경하지 않을 수 없었다. 다들 이런 고되고 힘든 삶을 살아냈다고 생각하니 달리 보였다. 워킹맘이 되고 싶었지만, 막상 워킹맘으로 살아보니 아이도 엄마도 못 할 짓이라는 생각이 드는 하루였다.

하지만 나는 일을 당장 그만둬야겠다고 생각하지는 않았다. 온전히 집에서 아이들만 키울 때보다 나는 자신감이 생겼고, 그만큼 시간을 효율적으로 나눠 쓰려고 노력했으며, 무엇보다 아이들에게 거친 말을 덜하게 되었다. 남편 앞에서도 떳떳하고 당당한 내 모습을 발견했다. 다른 엄마들은 모르겠으나 적어도 나는 일을 하며 내가 확실히 달라진 것을 알 수 있었다.

아이들과 시간을 보내며 육아에서 행복을 찾는 엄마들도 많다. 그런 엄마들은 그 안에서도 자신의 모습을 충분히 발견하고 아이와 함께 행복한 성장의 시간을 보낼 것이다. 나는 그것이 어렵다고 느꼈고 그저 박차고 나온 것뿐이다. 내가 틀린 것이 아니라 우린 다른 모습으로 엄마 노릇을 하고 있다고 생각했다. 누군가 정해놓은 좋은 엄마라는 틀에 꾸역꾸역 내 삶을 집어넣고 사느라 마음이 병드는 것보다 훨씬 만족한 삶이었다.

내가 일하는 엄마로 살기로 한 것은 내 권리였다. 엄마도 엄마로서의 인생을 선언할 권리가 있다. 물론 아이들과 남편의 권리도 침해하지 않으려 세심하게 배려하려 노력했다.

일하면서 '어린아이들을 어린이집에 맡기면서까지 일을 해야겠냐?'는 말을 자주 들었다. 나도 유아시기에 엄마와의 돈독한 애착 형성이 중요하다는 걸 잘 알고 있다. 하지만 나는 아이와의 애착은 일을 끝내고 잠깐의 시간에 질적으로 높게 쌓기로 했다. 주말과 방학 때는 온전히 아이들을 볼 수 있어 더없이 좋다고 생각했다. 나는 나만의 방식으로 아이를 키우기로 결정한 것이다.

"자기는 가계부 써? 매달 딱 50만 원이 마이너스야. 어디서 50만 원만 벌 수 있는 아르바이트라도 하고 싶어!"

동네 엄마들이나 나보다 먼저 육아를 시작한 언니는 이런 말을 자주 했다. 나도 마침 그 생각을 하던 참이었다. 더도 말고 덜도 말고 딱 50만 원만 더 있으면 조금 숨통이 트일 것 같았다. 외벌이로 사는 살림이 다 비슷하구나 싶었다. 결국 어떤 엄마는 아이가 어린이집에 있는 시간에 일할 수 있는 아르바이트를 구해 딱 50만 원의 생활비를 마련하기도 했다. 퍽퍽한 살림에 조금 여유가 생겼다고 말했다.

나도 근처 학교에서 방과 후 학습지도 강사를 해보려고 했다. 하지만 남편의 완강한 반대에 부딪혀 원서조차 내지 못했다. 그 일을 하면 한 달에 딱 50만 원 정도 벌 수 있는 자리였다. 못내 아쉬운 마음이 들었다.

남편의 한 달 월급은 고정 지출 때문에 통장을 스쳐 빠져나가기 바빴다. 매달 마이너스의 생활이 바뀌지 않았다. 어쩔 수 없이 아이들 용돈 통장을 깬 날도 있었는데, 너무 미안했다. 아이들이 받은 용돈은 아이들 대학 등록금 명목으로 무조건 적금 통장에 입금했었다. 꽤 많은 금액이 모였지만, 가정 상황 때문에 깨야 한다니…. '나중에 채워줄게.' 했지만 통장을 다시 만들어 몇백만 원 모으기까지는 그 전보다 더 많은 시간이 필요했다.

나는 이런 가정 경제에 보탬이 되고 싶었다. 아이들에게 사주고 싶은 거 사주고 가끔 외식할 때도 돈 걱정 없이 맛있는 걸 사 먹고 싶었다. 내가 워킹맘의 길을 선택한 데는 이런 현실적인 이유도 한몫했다.

그렇게 둘째가 122일 되는 날부터 기간제 교사로 일하며 결혼 후 처음으로 적금이라는 것을 들었다. 셋째 아이가 태어나니 당장 필요한 건 7인승 차였다. 5인승 승용차에 세 개의 카시트를 설치해보려 했으나, 아무래도 역부족이었다. 카시트를 세 개 설치하고, 내가 뒷좌석 카시트 사이에 끼어 타야 하는 신세라니. 양가 방문을 위해서 장거리 여행이 필수인데, 도저히 이대로는 안 되겠다는 생각을 했다. 그렇게 셋째가 생후 100일이 지나 첫 외출을 하기 직전에 적금을 깼다. 전액 현금을 주고 7인승 차로 바꿨다. 2년 동안 일을 한 보람을 만끽한 날이었다.

엄마들은 다양한 이유로 워킹맘의 삶을 선택한다. 누군가는 자아실현을 위해, 경력을 쌓기 위해, 경제적인 자유를 위해 말이다. 어떤 이유를 들더라도 그 삶을 인정해 주어야 한다. 양육의 몫이 아빠들에게도 많은 부분 이전되었다 하더라도 여전히 엄마가 맡아 하는 부분들이 더 많다. 일하는 엄마로 살기로 했다면 주어진 시간을 좀 더 효율적으로 써야 한다. 또 자신이 가진 에너지를 적절히 분배해야 하는 것도 마찬가지다. 그 고생을 감수하고서라도 일하는 엄마로 남기를 원하는 데는 그만한 이유가 있다.

인간은 누구에게나 인정의 욕구가 있다. 엄마도 예외가 아니다. 일과 육아의 균형을 맞추려 애쓰면서까지 인정받길 원한다. 일하는 엄마로 살면서 나의 자아실현과 자립, 경제적 자유 등을 꿈꾸는 것은 지극히 정상이다.

집에서 아이 양육만 할 때는 직장이 그립고, 또 일하다 보면 집에서 애만 키울 걸 그랬나 후회가 밀려온다. 가지 못한 길에 대한 미련은 늘 남기 마련이다. 항상 갈대 같은 내 마음이었지만, 이래도 힘들고 저래도 힘들다면 나는 일을 하는 엄마로 있고 싶다. 주변 눈치 안 보고 맘 놓고 일을 하며 아이들을 키울 수 있는 일을 하고 싶다. 부족하지만 배우면서 경력을 쌓고 나로 인정받는 일을 하고 싶다. 그 길을 가기로 했다. 일하는 엄마로 당당히 아이들과 남편 앞에 다시 서는 그날이 빨리 오길 바랐다.

세 아이를 키우며 꿈을 키우다

"응애~ 응애~!"

2016년 어느 화창한 봄날, 출산 임박을 알리는 진통이 시작되었다. 저녁 어스름이 짙게 깔릴 무렵, 우렁찬 소리를 내며 사내아이가 태어났다. 세 번째 아이가 우리 부부에게 찾아온 것이다. 그렇게 생명의 경이로움에 감탄하며, 또다시 기나긴 육아의 시간이 시작됐다.

남편과 나는 모두 5남매의 셋째로 자랐다. 그래서인지 둘 다 아이에 대한 욕심이 있었다. 일단 셋까지는 낳자고 얘기했었다. 기간제 교사로 일을 하고 있을 때 생각지 못한 시기에 셋째 아이가 찾아왔다. 그리고 출산을 앞두고 일을 그만두었다. 재계약 후 출산휴가를 쓰고 다시 복직했으면 하는 교감 선생님의 권유를 나는 정중히 사양했다. 당연히 욕심 같아서는 그렇게 하고 싶었다. 하지만 양가의 도움도 없이 연년생 어린 두

딸과 갓난아기까지 돌보며 일할 용기가 나질 않았다. 사실 만삭의 몸으로 두 아이를 돌보며 일하고 살림하는 데 너무 지쳐있었다. 지금 되돌아보니 새삼스레 정말 힘든 시기였구나 싶다. 슈퍼우먼도 감당하기 힘든 그 상황을 나는 꾸역꾸역 어떻게든 버티고 있었다. 왜 일하러 나갔는지 잊어버린 채 얼른 계약 기간을 마무리하고 집에서 아이들 돌보는 일 하나만 하고 싶었다.

육아의 시간은 행복과 보람을 동시에 느끼게 해 주었다. 아이를 돌보는 시간은 그 무엇과도 바꿀 수 없이 소중했다. 무엇보다 큰 아이들의 등원 시간이 여유로워진 것 그 자체로 너무 좋았다. 시간에 쫓겨 아이들을 다그치는 일이 없어졌다. 아이들이 어린이집에 가기 싫다고 하면 데리고 있으면 그만이었다.

아이들이 곤히 자는 모습을 볼 때면, 언제 이만큼 컸나 싶어 그만 컸으면 하는 마음이 들기도 했다. 하지만, 또다시 시작된 육아 전쟁에서 나는 다시 괴로웠다. 한편으로는 채워지지 않는 공허함이 있었다. 두 아이를 어린이집에 보내고 돌아와 막내의 이유식을 만들고, 먹이고, 씻기며 오전 시간을 보내는 삶. 나는 점심을 먹는 둥 마는 둥 하며 아이가 낮잠 자는 시간에 얼른 청소를 끝내고 또 저녁 반찬과 간식을 준비하는 삶. 반복되는 일상에 조금씩 마음이 지치기 시작했고, 나를 위한 무엇인가를 해야만 위로를 받을 것 같았다.

"엄마는 커서 뭐가 되고 싶어?"

아이의 질문에 오랫동안 묵혀두었던 '임용고시 합격'이라는 꿈을 현실로 만들고 싶었다. 다둥이 육아 맘이지만 더 늦기 전에 그 꿈을 이루어야 했다. 육아도 해보고 워킹맘으로도 살아보니, 정답이 있는 인생은 없다는 결론을 내렸다. 아이만 키울 때도 또 아이를 키우며 일을 할 때도 몸과 마음이 힘든 것은 마찬가지였다. 그렇다면 나는 내가 좀 더 나답게 살고 싶은 방향으로 살아야겠다는 결론을 내렸다. 엄마라는 타이틀과 함께 내 이름 석 자 걸고 일하는 삶을 살기로 했다. 셋째 출산과 육아를 위해 일을 그만둔 지금 이 시점이 나에게 변화를 주기에 가장 적기였다. 꿈을 실현하기에 매우 적절한 시기! 누구는 공부를 위해 일도 그만두고 하는데, 나는 출산이라는 보기 좋은 핑곗거리가 있었다. 일을 쉰다고 눈치를 줄 사람이 없었다. 첫째 둘째 육아를 위해 쉬었던 지난 2년 동안의 생활을 뒤돌아보니, 지금의 경력단절 시기를 어떻게 보내야 하는지 계산이 되었다. 아무 목적 없이 그냥 시간을 흘려보내지 않기! 임용 시험을 위해 도전하기, 책 보기를 목표로 삼았다.

실제로 나는 3년 동안 공부해 임용 시험에 합격했다. 솔로인 사람들이 1년간 공부에 집중하는 시간보다 내가 3년 동안 공부한 시간이 더 짧았을 것이다. 아이들 키우며 정말 짬짬이 책을 봤기 때문이다.

나는 '독하게' 공부하는 것을 많이 부담스러워했다. 그러나 지금 생각해보니, 독하게 하지 못했더라도 공부 목표와 방향을 일찍 잡았더라면 좀 더 일찍 합격할 수 있지 않았을까 싶다. '아이 키우며 공부하는 게 어디 쉬워?' 자신에게 조금 느슨한 잣대를 대고 공부하니, 딱 그만큼의 성과만 냈다. 합격선 근처에서 아슬아슬 떨어지기도 하고, 1차 시험에 턱걸이 점수로 겨우 붙기도 했다. 주어진 결과가 이내 아쉽다가도, 이게 최선의 노력이 아니었나 생각하기도 했다. 그렇게 3년 동안 공부와 씨름하고, 결국 결실을 보았다.

나는 사실 그전에는 임용고시 공부를 제대로 해 본 적이 없었다. 기간제 교사 생활을 하며 2학기가 되면 매번 찾아오는 불안함으로 시험장에 가긴 했지만 말이다. 열심히 공부해서 간 것은 아니었다. 나의 미래에 대한 불안이 너무 커져 '혹시나' 하는 마음으로 한번 보러 간 것뿐이었다. 생각해보니, 졸업 후에도 매해 시험을 보러 갔던 것 같다. 그렇게 나는 수없이 많은 시험장을 들락거렸지만 제대로 공부한 적은 없다는 걸 알았다.

외벌이로 사는 팍팍한 살림이지만 공부하기로 한 이상 시작은 해야겠다고 생각했다. 처음으로 돈을 들여 인터넷 강의라는 것을 수강하게 됐다. 목표는 단순했다. 강의 끝까지 듣기였다. 다른 목표는 없었다. 아이가 낮잠 자는 시간에 조금씩 책을 보기 시작했다. 수유하며 강의를 듣는 시간이 정말 좋았다. 여유롭게 느껴졌고 짧은 시간이지만 나를 위해 무엇인가 할 수 있는 시간이라는 생각에 행복했다. 대학 시절에도 그렇게 집중해서 강의를 들은 기억이 없는데, 시간이 없다고 생각하니 강의에 초집중해서 듣게 됐다. 집에서 혼자 하는 공부다 보니 다른 사람 눈치 볼 일도 없었다. 강사의 질문에 꼬박꼬박 대답도 하고 모르는 것이 나오면 소리 내서 질문도 해보며 강의를 들었다. 그렇게 하지 않으면 금방 싫증이 나서 강의 듣는 것을 멈출 것 같았다. 그 시간이 쌓여 재미를 느끼기 시작했고, 조금은 공부에 자신감이 붙었다. 배움의 즐거움이 이런 건가! 어렸을 때 하던 공부와 달리 재미있었다.

그렇게 셋째 아이를 키우며 공부한 첫해에 시험을 쳤다. 무심코 결과를 확인한 순간 아차 싶었다. 1차 점수가 합격선에서 0.6점이 부족했던 것이었다. 사실 별 기대를 하지 않았다. 이번 시험은 '내 가능성만 확인하면 된다.'라는 마음이었는데, 정말 내 바람이 그대로 이루어졌다. 딱 거기까지였다. 내가 은연중에 생각하고 바랐던 것이 그대로 이루어져 현실이 됐다. 아찔했다.

셋째 아이가 돌이 될 무렵, 막내를 가정 어린이집에 보내기로 했다. 다름 아닌 나의 공부를 위해서였다. 그렇게 기나긴 수험 생활의 길이 시작되었다.

그렇게 시간을 확보하며 집안 살림도 하고, 그 외의 시간에 조금씩 책을 보기 시작했다. 아이들이 돌아가며 아플 때는 거의 한 달 내내 데리고 있을 때도 있었지만, 그 시간을 통해서 원에서 아이들을 보육하시는 선생님들의 노고를 다시 한번 깨닫게 되는 계기가 되었다. 또 아이들에게는 오롯이 사랑과 관심을 쏟을 수 있는 시간으로 삼았다.

한번은 첫째와 둘째 아이의 하원 시간에 맞춰 어린이집에 갔는데, 둘째 아이 담임선생님께서 말씀하셨다.

"어머니, 공부는 잘되세요? 똑순이가 엄마는 아침에 일어나면 맨날 공부만 한다고 그러더라고요. 올해 좋은 소식 들려주세요~!"

선생님 말씀을 듣고, 얼마나 민망하던지. 아이 말만 들으면 수석 합격을 해야 할 것 같은 부담감도 있었지만, 기분 좋은 부담감이었다. 사실 아침에 아이들보다 조금 일찍 일어나 잠깐이라도 책을 보긴 했다. 하지만, 엄마가 옆에 없는 걸 알고 금방 뒤따라 나오는 아이들이다. 그러면 여지없이 아이를 안고 방에 들어가 다시 잠을 재워야 했다. 그러다 나도 잠들기 일쑤다.

이런 사정을 아는지 모르는지 아이는 어린이집에 등원하면 선생님께 엄마는 맨날 공부만 한다고 얘기했단다. 그래도 평소에 공부하는 엄마를 보며 그렇게 생각하고 있었다는 것에 놀라긴 했다. 아이의 기대에 부응하며 연말에 합격 소식을 전해주자고 다짐했다.

엄마로서 양육을 통해 얻는 기쁨과 보람도 컸지만, 지금까지 이루지 못한 꿈을 위해 도전하는 시간이 행복했다. 아이들이 커가는 모습을 바라보면서, 전문 분야에서 성장하는 나의 모습도 꿈꾸었다. 무엇보다 아이들에게 꿈을 위해 노력하는 엄마의 모습을 보여주고 싶었다. 세 아이를 키우며 나의 꿈은 커갔고 그것을 이루기 위해 노력했다. 되돌아보니 행복한 시간이었다.

꿈은 속도가 아니라 방향이다

'생생하게(vivid) 꿈꾸면(dream) 이루어진다(realization).'

지금도 책장에 꽂혀있는 이지성 작가의 〈꿈꾸는 다락방〉에 나온 말이다. 생생하게 꿈꾸는 것, 꿈을 시각화하는 것이 얼마나 중요한지 말해주고 있다. 사실 이 책 속에서 만난 수많은 꿈쟁이들이 대단하다는 생각을 했었다. 나와는 조금 동떨어진 사람, 대단한 무언가가 있는 사람들이 일궈낸 업적에 그저 고개를 숙였던 것 같다. 나는 그냥 평범한 사람이라는 생각이 강했기 때문이다.

육아하면서 공부를 하기로 하고, 먼지 쌓인 그 책을 다시 집어 들었다. 임용 공부를 시작하기 전 뭔가 명확한 동기가 필요했기 때문이다. 강력한 동기부여가 될만한 사례를 찾아 열심히 책을 읽어나갔다. 꿈에 도전하고 끝내 그 일을 성취한 누군가의 사례가 나에게 큰 힘이 되어주길 기대했다.

꿈의 공식인 R=VD는 늘 미뤄둔 숙제처럼 다가왔다. 임용고시에 합격해 아이들을 가르치고 있는 모습을 상상하거나, 나의 인생 계획표에 적힌 것처럼 딱 25년을 일하고 퇴직을 하는 내 모습을 상상했다. 생각보다 그 모습을 상상하는 것이 조금 어색했고, 생생하게 그려지지 않았다. 나는 그리 대단한 사람이 아니지만, 그런데도 내 꿈을 생생하게 느끼기 위해 나 자신과의 대화, 내면과의 대화를 시작했다. 내가 꿈꾸는 것이 나의 삶의 목적이나 방향과 맞는지 점검하는 시간이 필요했기 때문이다. 나의 과거로의 여행은 그렇게 시작되었다.

초등학생 때 친척분이 운영하는 학원에 다닌 적이 있다. 방학에 맞춰 한 달 정도 짧게 수학 학원에 다녔다. 그곳은 읍내에 있는 학원이어서 다른 학교 친구들도 만날 수 있는 유일한 장소인 데다, 부모님께 용돈을 받아 학원 앞 구멍가게에서 군것질하는 것이 마냥 좋았다. 그곳에서 공부한다는 생각은 별로 없었다.

어느 날, 학원에 새로운 친구 A가 등록했다. 딱히 지정 좌석이 없어 A는 내 옆에 앉게 되었다. 다른 학교에 다니는 친구에게 먼저 말을 건네는 일은 잘 없었지만, A는 나보다 더 숫기가 없는지 도통 말을 걸 기미가 보이지 않았다. 기다리다 못해 내가 먼저 말을 걸었다.

"너 이름이 뭐야? 어느 학교 다녀?"

나는 다른 학교 친구들이 읍내의 어느 학교에 다니는지 궁금했었다.

"나? 초등학교 다녀!"

짧은 대답이었지만, 어딘지 모르게 어색하고 느린 말투였다. 지금 생각해보니 A는 언어장애가 있었다. 말은 어느 정도 통했지만 명료하지 못했고 느린 편이었다. A와 대화하기 위해서는 상당한 인내심과 해석능력이 필요했다. 그래서 A와 진득하니 대화하는 친구는 드물었다.

A가 나의 옆자리에 앉는 날이 많아졌고 자연스럽게 대화도 많이 하고 친하게 지냈던 기억이 난다. 그리고 학원 마지막 날에는 학원 앞 구멍가게에 가서 봉지 과자를 하나씩 사서 먹었던 기억도 있다. 그렇게 한 달 동안의 우정을 쌓았다. 방학이 끝나 학원에 가지 않았고 자연스레 그 친구와도 연락이 끊겼다. 학교생활을 하는 내내 그 친구가 한참 떠올랐던 것 같다. 친구들과 잘 지내고 있는지, 학원에서 다른 말동무가 생겼는지 한동안 궁금했다.

고3 때 담임 선생님과 진로 상담을 할 때였다. 먼저 상담을 마친 다른 친구들의 말에 의하면 자신의 꿈에 관해 이야기하고 어떤 과를 전공하고 싶은지 적어냈다는 말을 들었다. 나는 내가 무슨 일을 하고 싶은지 곰곰이 생각하는 시간을 가졌다. 내가 어떤 일을 할 때 보람을 느끼고 재미있게 일할 수 있을까? 어떤 가치를 소중하게 여기는지 생각하는 시간을 가졌다. 가만히 생각해보니 나는 우리가 흔히 말하는 '사회적 약자'에 마음을 많이 쏟았던 것 같다.

고등학교 때 기독교 동아리 활동을 했었는데, 그곳에서 한 달에 한두 번씩 봉사활동을 갔다. 지역에 있는 보육원, 양로원 등에 방문하여 청소도 하고 말벗이 되어 드리기도 했다. 요리하는 일을 도와 드리고 함께 식사하는 시간을 갖기도 했다. 고3 때도 그 활동을 계속 이어갔는데 그 일정이 생활에 활력이 되었다. 봉사하는 날을 손꼽아 기다렸고, 다녀와서도 여운이 길게 남았다. 할머니와 함께 자라서 그런지 요양원에서 만난 할머님들이 친근했고 자식들보다 낫다며 우리를 반겨주시는 것도 감사했다.

나중에 무슨 일을 하더라도 봉사는 어떤 형태로든 해야겠다고 다짐했다. 그 당시에 사회복지사 등의 진로에 대해 조금씩 찾아본 기억이 난다. 그렇게 나의 시간과 노력을 들여 다른 사람을 돌보는 일, 세워주는 일에 적지 않은 보람을 느꼈던 것 같다.

하루는 고흥 소록도에 있는 한센병 환자들이 모여 사는 기관에 봉사를 하러 갔다. 한센병 때문에 여기저기 불편해진 몸으로 지내는 어르신들을 만나게 되었다. 한 아주머니께서 나에게 손을 내밀어 악수를 청하는데, 나는 너무 놀란 마음에 가슴이 철렁했다. 병의 후유증으로 인해 손가락이 서로 엉겨 붙어 있었고, 손가락의 길이도 제각각이었다. 선뜻 나는 손을 내밀지 못했다. 나와 다른 신체적인 모습을 가진 사람들에 대한 두려움과 충격이 공존했던 것 같다.

그 아주머니는 내가 악수를 꺼린다는 것을 아시고 악수하기 위해 내민 손을 거두셨다. 그리고는 괜찮다며 내 등을 쓰다듬어 주셨다. 그리고 그 분들과 점심을 먹고, 거동이 불편하신 분들의 발을 씻겨 드렸다. 그렇게 짧은 시간을 보내고 집으로 돌아왔다.

소록도에 방문한 일은 나에게 많은 생각을 하게 했다. 그리고 나는 이내 몸이 불편한 사람들에게 조금이나마 도움이 되는 일을 하고 싶다는 생각을 했다. 평소 아이들을 좋아하고 가르치는 일을 했으면 좋겠다고 생각하던 차였다. 그 이후로는 몸이 불편한 아이들, 배움이 느린 아이들을 가르치거나 무언가 도움을 줄 수 있는 일을 하면 어떨까 생각해보았다. 이런 생각이 모여 자연스레 특수교육과에 진학하게 된 것이다.

과거의 나를 만나는 일은 꽤 재미있고 흥미로웠다. 그동안 나에 대해 진지하게 생각할 기회가 없었기 때문에, 때론 낯설지만 한편으로는 친근한 나를 만나는 시간이 즐거웠다. 30대의 중반에 들어선 내가 초등학생인 나를 만나는 일도, 중고등학생이 되어 진지하게 진로에 대해 고민하는 나를 만나는 것도 신기하고 새로웠다. 그렇게 현재의 나는 과거의 나를 만나 말을 건넸고 그 순간의 생각과 선택들이 현재 나를 어떤 모습으로 만들었는지 이해하게 되었다. 나는 교단에 서서 배움이 느린 아이들을 가르치는 일을 간절히 원하고 있었다.

꿈을 이야기할 때 우린 명확한 어떤 '직업'을 이야기할 때가 많다. 나도 그런 사람 중 한 사람이었다. 임용 공부를 시작하고 주변에 많은 사람을 만나면서 그 생각이 바뀌었다. 꿈은 직업이 아니라 되고 싶은 사람의 지향점 내지는 가치관, 또는 방향성 등으로 정의하게 되었다. 예를 들어 나의 꿈이 '특수교사'였다면, 지금은 '배움이 느린 학습자에게 도움을 주는 사람', '인내심을 가지고 성장하는 아이들을 세워주는 사람'이 되고 싶다. 공부하면 할수록 맹목적으로 '직업'을 갖기 위해 시간을 쏟고 스트레스를 받는 나를 발견했다. 그 과정에서 내가 왜 이 공부를 해야 하는지, 나는 어떤 사람이 되고 싶은지, 인생의 방향을 어느 쪽으로 향해야 할지 자주 생각했다.

'생생하게 꿈꾸면 이루어진다.'라는 말에는 절대 '빨리 이루어진다.'는 말은 없다. 공부하기까지, 그리고 시험에 합격하기까지 많은 시간이 걸렸다. 누군가는 늦은 나이에 아이들 키우면서 뭘 그렇게 힘들게 사냐고 말하기도 했다. 남들보다 느린 속도로 공부하는 나를 때론 안쓰럽게 때론 불쌍하게, 때론 바보 같다고 생각했을 것이다. 그 말속에 숨겨진 뜻을 이해했지만 그래도 멈출 수 없었다.

꿈은 속도가 중요하지 않다는 걸 직접 증명하고 싶었다. 그 말에서 희망을 얻었고 비록 느리더라도 나의 갈 길을 묵묵히 갈 수 있었다. 인생의 방향을 설정하는 일. 이것이 우선이라는 생각이 절로 드는 시간이었다. 내 인생의 방향을 설정할 키는 나 자신에게 있다는 사실에 감사했다.

꿈은 끝날 때까지 끝난 게 아냐

결혼하고 아이를 낳아 키우다 보니 자연스레 꿈이라는 단어와 멀어져 갔다. 의도한 것은 아니었지만 당장 눈 앞에 펼쳐진 일들을 해 나가는 것만으로도 벅찼다. 내가 어떤 것에 관심이 있었고, 무슨 일을 하고 싶었는지 잊고 살았다.

"꿈이 뭐예요?"

이 질문은 이제 어울리지 않는 것 같았다. 아이들을 키우며 내가 하고 싶은 일들을 배우고 익혀 성과를 낸다는 것이 조금 버겁게 느껴졌다.

아이가 엄마는 꿈이 뭐냐고 물었을 때 내가 적잖이 당황했던 것은 그런 이유였다. 가족 말고 나의 꿈을 위해 무엇인가 한다는 것은 이기적인 행동이거나 또는 괜한 시간 낭비일 거라는 막연한 생각이 있었다.

동네 엄마들을 만나도 나는 꿈이 뭐냐고 묻는 것이 어색했다. 상대방에게 부담이 되는 질문이라는 생각이 들었기 때문이다. 그럴 때는 조금 돌려서 묻곤 했다.

"무슨 일을 하고 싶어요?"

그리고 그 질문 앞에 꼭 전제가 붙었다. 그것은 '아이 다 키우면'이라는 말이다.

아이를 다 키운다? 이 말을 곰곰이 생각해보니, 육아에 끝이 있긴 한 건지 의문이 들었다. 정말 육아에 끝이 있다면 좋으련만, 다 큰 딸 학비 내주고 취업 후에는 단칸방이라도 전세로 얻어주려고 전전긍긍하시는 부모님을 봐왔다. 육아의 끝이 어디 있겠는가? 그 끝이 있다고 한들 그때 하고 싶은 일을 위해 무언가 시작한다면 너무 늦을 것이다. 일이 익숙해지기까지 또한 많은 시간이 필요하기 때문이다. 그쯤 되면 은퇴가 코앞이지 않을까?

꿈이라는 단어가 더 어색해지기 전에, 내 삶에서 영영 떠나버리기 전에 붙잡고 싶었다. 전업주부면 어떻고 워킹맘이면 어떤가? 30대면 어떻고 40대면 어떤가? 나이는 숫자에 불과하다는 말이 괜히 나온 게 아니다.

결혼하고 아이를 낳아 키우다 꿈을 꾸고 성과를 이룬 많은 사람을 보게 되었다. 특히 책 속에서 많은 주인공을 만났다. 엄마이지만 자신을 잃지 않으려고 부지런히 애쓴 주인공들이 세상에 참 많이 있었다. 하지만 크게 와 닿지 않았다. '뭔가 대단한 게 있을 거야. 나랑 다른 능력치를 가진 사람일 거야.'라고 생각했다. 좀 더 현실적인 사례가 필요했다.

그래서 내 주변 사람들을 떠올렸다. 늦은 나이지만 자신의 꿈을 위해 도전하고 노력하는 사례가 있는지 찾아보기로 했다. 그런데 내 주위에도 자신이 하고 싶은 일을 위해, 꿈을 위해 노력하는 엄마들이 참 많았다. 의외였다. 사람은 보고 싶은 것만 본다는 것을 깨달았다. 그동안은 별 것 아닌 것처럼 생각되었던 그들의 삶이 대단하게 느껴졌다.

기간제 교사로 일할 때 A 선생님과 인연을 맺었다. 방과 후 독서논술 수업을 맡고 계셨다. 선생님의 전문성과 열정이 잘 드러나는 수업을 참관하며 매번 감동했다.

그러다 학교에서 그림책과 관련된 교육을 주제로 학부모 대상 독서교육을 기획했다. 나는 A 선생님을 강사로 추천해 드렸다. A 선생님께서는 흔쾌히 수락해주셨다. 자신도 그림책과 관련된 부모교육을 꿈꾸고 있었지만, 아직 도전을 못 하고 있었다고 말씀하셨다. 부모교육은 그렇게 마무리되었고, 학부모님들께서 매우 유익했다는 후기를 남겨주셨다. A 선생님은 그 일을 계기로 그림책 관련 독서교육을 꾸준히 해 나가고 계시다. 가끔 들르는 SNS를 통해 선생님의 소식을 알 수 있었는데 규모가 꽤 큰 교육장에서 강의하시는 모습을 볼 수 있었다. 우연한 계기를 통해 도전장을 내밀고 차근차근 자신의 꿈을 이뤄가고 계셨다. 아이를 키우며 꿈을 위해 도전하는 멋진 분이셨다.

나는 A 선생님이 평소 자신이 일하고 있는 부분을 새롭게 정리하고 새로운 교육 대상자를 위해 커리큘럼을 짜는 상상을 해보곤 한다. 얼마나 흥분되고 행복하셨을까? 잠을 자지 않아도 피곤하지 않을 것 같다. 그 과정을 준비하면서 분명 힘드셨겠지만, 그보다 자신의 꿈에 한 발짝 더 다가가고 있음을 실감하며 행복한 나날들을 보낼 것이라고 생각한다.

또 나의 지인 B는 어떤가? 결혼 후 아이 둘을 낳고 일과는 영영 멀어졌던 사람이었다. 그러던 중 미래에 대한 불안감과 자아실현이라는 목표를 가지고 뭔가를 해야겠다고 마음을 먹었다. B는 어렸을 때부터 늘 꿈꿔왔던 제빵을 하고 싶어 했다. 둘째 아이가 세 돌이 되던 때에 아이를 어린이집에 보내면서 자신의 시간이 조금씩 생겼다. 그 시간을 이용해 지역 문화센터에서 하는 제빵 과정을 배우기 시작했다. B는 그 시간이 정말 행복하다고 말했다. 배움이 그렇게 즐거운 것인지 이제야 깨달았다고. 억지로 공부했던 학창 시절의 배움과는 결이 달랐다고 했다. 그래서 더욱 즐겁게 제빵 수업을 다녔다.

그러다 취미 말고 정식으로 빵을 만드는 걸 배우기로 했다. 동네 문화센터 수업이 끝나자 B는 시내에 있는 전문 학원에 등록하더니 1년을 꾸준히 다녔다. 물론 많은 엄마들이 그렇듯이 아이가 아프면 학원에 나가지 못한 날이 많았다. 다른 사람은 6개월이면 숙달하는 강좌를 자신은 1년 가까이 걸려 끝냈다고 한다. 주변과 비교하면 한없이 느렸지만 개의

치 않았다. 다른 사람보다 6개월, 1년 늦게 간다고 크게 문제 되지 않았다.

그렇게 3년 정도 제빵을 배우러 다니던 지인이 기쁜 소식을 알려왔다. 동네에 빵집을 낸다는 것이다. 혼자 일을 해야 하고 아이들이 어린이집에 가 있는 시간을 이용해 일해야 하는 여건이었다. 그래서 식빵 한 가지만 만들되, 여러 가지 맛으로 구워내기로 했다. 시간적, 물리적으로 자영업을 하기에는 부족한 여건이었음에도 자신만의 운영 방법을 찾았다.

그 당시 B가 자영업을 한다고 했을 때 나는 의아했다. 학창 시절 모습을 생각하면 상상하기 힘들었기 때문이다. 그리고 과연 잘 해낼 수 있을까 걱정도 되었다. 그러나 그것은 나의 기우였다. 아이들과 B의 가게를 들른 적이 있다. 보통 가맹점 빵집보다 규모가 작았지만, 무엇보다 빵이 맛있어서 장사가 잘 되었다. 그렇게 자신의 오랜 꿈을 실현하고 있었다. B의 성공은 나에게 좋은 자극제가 되었다.

정말 원하는 꿈이 있다면 조금씩 도전해보길 바란다. 그 첫걸음이 계기가 되어 조금씩 성장하고 있는 자신을 발견할 수 있을 것이다. 육아와 살림을 병행하며, 그리고 일까지 해 나가는 엄마라면 그 속도가 더딜 것이다. 그럴 때일수록 욕심내지 않고 자신만의 속도로 조금씩 성취감을 맛보며 준비하면 되지 않을까? 그러다 우연히 기회가 찾아왔을 때, '그래 도전해보자!' 다짐하고 행동하면 되는 것이다. A 선생님처럼 말이다.

20대에는 서른을 꿈꾸고 30대에는 마흔을 꿈꾸라고 한다. 꿈은 계속 되어야 한다. 꿈이 없는 사람은 죽은 사람과 같다고 했다. '꿈'이라는 단어가 너무 거창하게 다가온다면 조금 돌려서 자신에게 말을 걸었으면 좋겠다.

"어떤 삶을 살고 싶으세요?"
"무엇을 하고 있으세요?"
"좋아하는 일은 뭐예요?"
"취미로 즐기는 일은 뭐예요?"

마르쿠스 아우렐리우스의 〈명상록〉에도 이런 말이 있다. '인간도 신도 우주도 열매를 맺는다. 제때가 되면 모든 것이 열매를 맺는다.' 인간뿐만 아니라 신도 우주도 제때가 되면 열매를 맺는다니. 위안을 받았다. 아직 시작을 안 했으니 열매가 맺히지 않았을 뿐이다.

부모님이 시골에서 농사를 짓는 모습을 오랫동안 지켜보았다. 열매 맺기 위해 얼마나 많은 햇빛과 바람과 비, 또 시간이 필요한지 나는 잘 알고 있다. 꿈의 열매를 맺는 것도 같은 원리일 것이다. 쉽지 않은 길이다. 하지만 그 꿈이 꼭 완벽한 성과를 내지 못했더라도 우리는 그 과정에서 많은 것을 배우고 얻을 수 있다.

아직 내 꿈이 무엇인지 모른다고 말할 수도 있다. 마음 깊숙한 곳에 숨겨두었던 꿈이 있는지 나를 들여다보는 시간이 필요하다. 내 안에는 나답게 살 수 있는 그 무언인가가 반드시 있다. 일단 자신이 진짜 원하는 것이 무엇인지 알았으면 좋겠다. 그것이 어릴 적 꿈처럼 변화무쌍하다고 아무도 뭐라고 하지 않는다. 지금도 늦지 않았다.

내가 하고 싶은 일이 무엇인지 알지만, 지금은 그럴 여유가 없다고 말할지도 모르겠다. 하지만 그 꿈을 뒤로 미뤄두기엔 시간이 너무 빨리 지나간다. 더 늦기 전에 내가 하고 싶은 일을 위해 가장 사소한 무언가를 시작하길 바란다. 지금이 꿈꾸고 실행하기에 시의적절한 때다. 꿈은 생이 끝날 때까지 끝나지 않는다.

Part2

엄마도 공부 좀 하겠습니다

연말이 무서운 계약직의 설움

나는 아무리 재미있는 드라마도 끝까지 보지 못하는 사람이다. 그런 내가 유일하게 본방송을 사수하며 본 드라마가 하나 있다. 2014년 tvN에서 방영한 〈미생〉이다. 드라마 광인 남편의 강력 추천으로 4회가 방영된 날 아이들을 재우고 드라마를 보기 시작했다. 큰 기대를 하지 않았는데, 이게 웬걸? 이리 재미있을 줄이야. 마침 다시 기간제 교사의 생활을 시작했던지라 드라마의 내용이 더욱 재미있게 느껴졌다. 비정규직, 인턴 역할을 한 배우들의 열연에 울고 웃으며 시간 가는 줄 모르고 몰입해서 봤다. 대사 하나하나가 가슴 찡하게 만들었다. 나의 상황과 심경을 잘 대변하고 있었기 때문이다. 그 뒤 시간이 될 때마다 미처 보지 못한 3회치 분량을 찾아서 보았다. 그리고 본방송 시청을 위해 방송이 있는 날은 아이들을 다른 날보다 일찍 재우기도 했다. 〈미생〉은 그렇게 나의 인생 드라마가 되었다.

"기회에도 자격이 있는 거다. 여기 있는 사람들이 이 빌딩 로비 하나 밟기 위해 얼마나 많은 계단을 오르락내리락했던 줄 알아?"

드라마에서 나온 대사 중 하나다. 이 대사는 마치 기간제 교사인 나에게 던지는 말인 것 같았다. 기회에도 자격이 있다니. 많은 사람이 얼마나 많은 경쟁과 쓰디쓴 실패의 경험을 맛보며 그 자리에 서게 되었는지를 대변해주고 있었다. 정식 사원이 되기 위해 얼마나 큰 노력을 했을까. 정규 교사로 일하고 있는 그들이 임용고시라는 시험을 통과하기까지 얼마나 힘든 시간을 견뎌왔는지 모르는 것이 아니었다. 나는 그 길이 가기 두려워 아주 오래전부터 어떻게든 회피하고 있었다. 그렇게 시간이 흐르다 보니 10년이 훌쩍 넘었다. 부러우면 지는 거라지만, 부러운 마음이 드는 건 어쩔 수 없었다. 내가 선택한 결정이었지만, 누군가에게 분풀이하고 싶은 순간이 왔다. 연말이 그랬다. 해마다 연말이 되면 유난히 춥고 서럽게 느껴졌다.

"내년에도 여기서 근무해요?"

"글쎄요. 아직 정해진 게 없어서요. 저도 학교 안 옮기고 여기서 계속 일하면 좋죠!"

동료 교사들이 지나가며 한 번씩 질문을 던졌다. 나의 상황을 잘 알고 있으니 걱정하는 마음에 하는 질문이라는 걸 알고 있다. 그럴 때면 멋쩍은 웃음과 함께 쓰디쓴 침을 삼키며 대답하곤 했다. 어떤 날은 대답하고 싫지 않을 때도 있었다. 나의 상황을 뻔히 알면서 민망하게 물어보는 것이 야속하다고 생각했기 때문이다.

주변 사람들은 새해가 되면 계획을 세운다. 해외여행과 대학원 진학을 계획하기도 한다. 또는 새로운 취미 생활을 한다고 이런저런 준비를 하느라 바쁘다. 나도 새해 계획을 세워야지 하면서도 늘 뒷전으로 미루는 습관이 생겼다. 결정되지 않은 내년의 상황 때문에 매번 대충대충 새해 다짐들을 나열해 나갔다.

나의 새해 소망에는 어쭙잖게 '임용고시 도전'이 늘 1순위였다. 하지도 않는 공부를 하겠다고 가장 우선순위에 적어 둔 탓에 다른 계획들은 들러리가 되었다. 다른 걸 조금 시작해 보려 해도 공부해야 한다는 부담감만 잔뜩 안고 있으니 뭘 진득하니 배울 수가 없었다.

아이를 키우며 기간제 교사로 일하는 것이 스스로 만족스럽지 않다고 생각하게 된 계기가 있었다. 어린이집에서 보낸 가정 조사서를 적어야 할 때였다. 부모의 직업을 적는 칸이 있는데, 그 네모 칸 안에 뭐라고 써야 하나 잠깐 멈칫했다. '교사'라고 써야 하나 아니면 '기간제 교사'라고 써야 하나. 주위에 아무도 없는데도 얼굴이 화끈거렸다. '교사'라고 썼다가 괜한 오해를 사긴 싫었다.

어린이집을 옮기려고 원서를 쓴 적이 있다. 부모 모두 맞벌이일 경우

입소 순위가 높아져 원하는 곳에 입소할 수 있다. 그럼 나는 원서를 낼 때 맞벌이라고 해야 하나 외벌이라고 해야 하나 고민에 빠진다. 내년에도 재계약해서 일할 수 있을지, 아니면 학교를 옮겨야 할지 정해진 것이 없기 때문이다. 행여 일자리를 구하지 못하면 무직이 될 것이 뻔했다. 그렇게 되면 순위에 밀려 아이를 원하는 곳에 맡기지 못하게 된다.

"선생님, 질문이 있어요. 원서 낼 때는 맞벌이에 체크를 했는데요. 혹시 3월에 일을 그만둘 경우는 입소가 취소될 수도 있나요?"

"3월에 부모의 양쪽 재직 증명서를 받고 있어요. 만약 그럴 경우라면 아예 원서 낼 때 외벌이로 표시하시는 게 맞는 거 같아요. 혹 어머님 때문에 다른 아이가 앞순위였는데, 입소하지 못하게 되어 피해가 갈 수 있으니까요."

그것도 맞는 말이었다. 아직 내년에 어찌 될지도 모르는데, 괜히 맞벌이로 표시해서 다른 아이가 떨어지면 안 되는 일이었다. 계약을 연장하던지 안 되면 어떻게 해서든지 다른 학교를 알아봐서 단기간이라도 일을 해야겠다고 생각했다. 다행히 일했던 학교에서 계약 연장을 하자는 제의를 받아 나의 고민은 해결되었다.

이런 나의 염려 때문에 경쟁이 심한 어린이집이나 유치원에는 원서를 내지 못했다. 혹여나 떨어질까 봐 불안한 마음이 컸기 때문이다. 그렇게 기간제 교사이기 때문에 연말이 두려운 이유가 한 가지 더 늘었다. 기간제 교사에겐 연말에 구직해야 하는 이유로 더 춥게 느껴졌다.

기간제 교사로 일하며 2학기는 늘 두려운 마음으로 보냈다. 고용에 대한 불안한 마음에 매해 한 번 있는 임용고시 시험에 매년 응시했었다. 결과는 번번이 낙방이었다. 그렇게 실패에 익숙해져서 갔고 미래에 대한 불안감은 더 커졌다. 어떻게 해서든지 내년의 일자리를 위해 원서를 내고 또 면접을 봐야 했다.

이 삶이 지긋지긋했다. 매년 불확실한 미래 때문에 다른 계획도 세우지 못하고, 새로운 일은 시작도 못 하는 내가 조금 싫었다. 시험에 미련이 없으면 모르겠지만 그렇지도 않았으니 말이다. 내가 학교에서 일하지 않고 다른 길로 가면 모르겠다. 하지만 나는 학교가 좋았고, 다른 직장보다 훨씬 만족스러웠다. 나는 학교에서 어떻게든 일했으면 했다.

보통 기간제 교사 구인 공고가 12월 중순이나 말부터 올라온다. 각 교육청이나 전공 카페, 근처 학교 홈페이지 등을 통해서 구인 정보를 찾을 수 있다. 학교마다 올리는 시점이 다르므로 수시로 홈페이지에 접속해 정보를 얻어야 한다. 한번은 집 근처 학교에 공고가 올라왔는데 그것도 모르고 그냥 지나쳤던 적도 있었다. 그렇게 스스로 발품을 팔아야 정보를 얻을 수 있다.

어떤 사람은 수십 곳에 원서를 내도 면접 보라고 연락 오는 곳이 단 한 곳도 없어 '내가 그렇게 쓸모없는 인간인가?' 하는 자괴감도 든다고 했다. 3월이 지나면 거의 체념하게 된단다. 그래서 반강제로 임용고시 공부를 하게 되는 경우도 많다. 하지만 정말 하고 싶은 공부가 아니어서 그런지 공부도 흐지부지하게 되고, '혹시나 구인 공고가 나지 않을까'하는 마음에 여기저기 홈페이지를 기웃거린다. 미련을 버리지 못했기 때문일 것이다. 기간제 교사로 살아가는 삶이 이렇게 녹록지 않다.

그렇게 나는 비정규직으로 내 삶을 만들어가고 있었다. 정규직에 대한 열망은 있었으나 큰 노력을 기울이지 않았다. 임용고시가 두려워 다른 취미 생활에 눈을 돌린 적도 있었고, 공부하는 흉내만 냈던 적도 많았다. 기간제 교사의 삶은 공부로부터 도망친 결과라고 생각했다.

누구를 원망하는 것은 아니었지만, 어쩐지 서러웠다. 즐겁게 일을 하다가도 유난히 연말이 되면 마음이 가라앉았다. 이런 마음으로 언제까지 살아야 하는지 답답했다.

이젠 뭐라도 행동으로 옮겨야겠다고 마음 먹었다. 나도 연말이 되면 새로운 내년을 위해 여행 계획도 세우고 읽고 싶은 책도 맘껏 읽고 싶었다. 즐거운 마음으로 새해를 맞이해보리라 다짐했다. 제야의 종소리를 들으며 설레는 마음을 느끼고 싶었다. 매년 나의 꿈 목록에 있는 1순위, '임용고시 합격'을 현실로 이루는 날을 꿈꾸며 공부하는 것을 실행에 옮기기로 했다.

온 우주가 주는 힌트

무언가 간절히 바라면 온 우주가 그 소원을 들어준다고 한다. 생각해보니 내가 임용고시 공부를 시작해야겠다고 다짐하게 우주가 나에게 힌트를 준 게 아니었을까 싶다. 온 우주가 내가 잊고 있었던 꿈을 찾도록 도와주고 있었다. 어쩌면 나의 마음의 소리인지도 모르겠다. 나를 스치듯 지나간 사건들, 주변 사람들의 대화가 다 힌트였다.

"언니, 막내 낳으려고 진통할 때도 가만히 누워 있었어?"

"응, 왜?"

"언니, 진짜 대단하다. 난 언니가 첫째 아이 낳으려고 진통할 때 옆에서 지켜봤었잖아. 그래서 다들 그렇게 고상하게 진통을 견딜 수 있다고 생각했어. 그런데 웬걸? 나는 진통할 때 절대로 그렇게 가만히 누워 있을 수 없더라고. 침대 위에서 얼마나 대굴대굴 굴렀는데. 진짜 죽는 줄 알았다니까."

"고통을 느끼는 정도가 다 다르니까. 뭐라고 할 말이 없다만, 난 어쨌든 둘째, 셋째 아이 진통할 때도 그렇게 가만히 누워 있었지."

"대단해. 고통을 잘 참는 사람인가보다."

내가 고통을 잘 참는 사람이라고? 처음 들어본 말이었지만 가만히 생각해보니 그랬다. 둘째 아이 출산할 때는 어땠는가? 밤새도록 진통을 견디고, 아침이 되어 아기가 곧 나오겠다고 생각하고 샤워를 하고 미리 싸놓은 가방을 다시 한번 확인한 후 남편을 깨웠다. 곧 아이가 나올 것 같다고. 남편은 진통 간격을 확인하고는 나에게 막 화를 냈다. 왜 더 일찍 안 깨웠냐고 말이다. 밤새도록 아파 제대로 잠도 못 자는 내 옆에서 코까지 골며 자던 사람이 말이다. 어찌나 단잠을 자던지 난 그냥 병원 갈 타이밍에 맞춰 깨워야겠다고 생각했던 것뿐이었다.

급하게 병원에 도착한 후 진료를 보려는데, 너무 힘들었다. 마침 환자 진료가 없는 다른 의사 선생님께 진료를 받았다. 내진하신 선생님께서는 나에게 뭐라고 하셨다. 힘주면 애 나오기 직전이라고 했다. 출산 직전에 하는 굴욕 3종 세트도 패스하고 바로 분만 침대에 누워 힘주기에 돌입했다. 거짓말 안 보태고 정말 딱 두 번째 힘을 주었을 때 "응애"하는 울음소리가 들렸다. 시계를 보니 정확히 병원에 도착한 지 20분쯤 지난 시점이었다.

내가 진통하는 걸 옆에서 지켜본 여동생이 나에게 원망 아닌 원망을 늘어놓았다. 언니가 부동의 자세로 진통을 잘도 참아내는 걸 본 터라, 자기도 그렇게 고상하게 진통을 견딜 것으로 생각했단다. 그러나 정작 자기가 아이를 낳을 때는 그렇게 못했다는 것이다. 둘째를 낳을 때도 '최대한 한번 참아봐야지!' 생각했는데, 도저히 통제 불능이었다고 말했다. 너무도 요란하게 아이를 낳은 탓에 옆에서 제부도 안절부절못했다는 후문이다.

고통을 잘 참아낸다는 동생의 말이 그날따라 자꾸 귓가에 맴돌았지만 그건 단순히 아이를 출산할 때 일이겠거니 생각하며 그건 나의 강점이 될 수 없다고 생각했다. 그러다 생각의 고리는 나의 육아 모습을 되돌아보게 했다. 과거의 나는 화와 짜증을 참 잘 내는 사람이었다. 특히 가족들에게는 더 심했다. 그런 내가 결혼을 하고 아이를 낳아 키우다니.

아이가 자지러지게 울거나 심하게 떼를 쓸 때면 나도 엄마가 처음인지라 어떻게 해야 할지 몰랐다. 시간이 흐를수록 아이와 소통하고 공감하는 방법을 알게 되면서 아이의 격앙된 감정이 가라앉았을 때까지 기다리고 그 상황에 대해 아이가 이해할 수 있는 단어들을 사용하여 조곤조곤 설명하게 되었다. 육아를 통해 자연스럽게 인내하는 방법을 체득하게 된 것이다.

고통을 잘 참는다는 말은 나에게 인내를 잘한다는 말로 들렸다. 그리고 아이들을 키우거나 가르칠 때도 인내의 자질이 매우 중요하다는 사실을 알게 되었다. 특히 나는 장애가 있는 아이들을 가르치는 일을 하는데 기다려주기는 정말 필요한 교사의 자질이 아닌가! 배움이 느린 아이들에게 교사의 인내는 필수요소이다. 나는 아이들을 낳고 키우며 인내라는 자질을 배울 수 있었고, 그것이 교육 현장에서도 정말 쓸모 있는 자질이라 생각했다. '그래, 나는 이 일을 계속해야겠다!' 다짐했다. 우주가 나에게 이 일을 하기에 적합한 사람이라고 메시지를 보내는 것 같아 힘이 났다. 기나긴 임용 공부를 하는 동안 인내는 또 얼마나 좋은 강점으로 작용하겠는가. 공부해야겠다는 어렴풋한 다짐은 점점 확고해졌다.

결정적으로 우주가 나에게 공부하라고 대놓고 준 힌트가 있었다. 그것은 나의 후임으로 일할 기간제 교사를 뽑는 면접 날의 광경이었다. 3월 출산 예정이었으므로 계약 기간 만료인 2월까지 일을 마무리해야 했다. 기간제 교사를 뽑는다는 공고가 나고 며칠 뒤, 교감 선생님께서는 이메일로 수십 개의 이력서를 받았다고 말씀하셨다. 학교가 작고 교통이 불편한 곳에 있는 탓에 기간제 교사 구하기가 쉽지 않은 학교였다. 그런데도 수십 통의 지원서를 받았다니, 믿기지 않았다.

그리고 면접이 이루어지는 날, 교무실에 갔다가 창문 너머로 보이는 풍경에 너무 놀랐다. 1년 기간제 교사를 뽑는 자리에 전국에서 스무 명

가까운 지원자가 면접을 보러 온 것이다. 연령대도 정말 다양했다. 이제 갓 대학을 졸업한 사람도 있는 것 같았다. 이렇게 많은 사람이 면접을 보러 올 줄 몰랐다.

그 광경을 보니 내가 2~3년 아이들 키우고 다시 일자리를 구하려고 했을 때, 나를 받아 줄 자리가 없을 수도 있겠다는 불안감이 엄습했다. 내 나이는 이미 30대 중반에 접어들었다. 기간제 교사를 구하는데 나이가 많은 사람을 선호하지 않을 것 같았다.

그날의 충격은 며칠 동안 나를 괴롭혔다. 셋째 아이를 낳아 키우다 보면 시간은 흐를 테고, 그런 뒤에 기간제 교사 자리를 구하려면 쉽지 않겠다는 계산이 나왔다. 아무것도 하지 않고 가만히 있다가는 진짜 그렇게 될 것 같았다. 그러다 교감 선생님께서 나에게 했던 말이 떠올랐다.

"선생님, 힘들겠지만 아이 키우면서 틈틈이 임용 공부하세요. 꾸준히 준비하다 보면 기회가 올 거예요. 준비하지 않으면 기회가 와도 붙잡을 수 없어요. 선생님은 잘할 거예요!"

공부하라는 잔소리 같은 이 말을 정말 마지막 출근일까지 나에게 여러 번 말씀하셨다.

"하고 싶긴 한데, 아이 키우면서 공부가 될까요?"

나의 용기 없는 대답에도, 충분히 할 수 있다고 말씀해주셨다. 그렇게 몇 번 대화가 더 오갔고 나의 대답은 바뀌었다.

"네, 조금씩 시작해 볼게요."

내가 지금 공부할 때라는 걸 누군가가 계속 말해주고 있는 것 같았다. 이제 진짜 공부를 해야 할 때라는 걸 직감했다. 더 물러설 곳이 없다. 출산과 육아를 위해 나는 다시 전업주부가 되지만, 지금이 기회일지 모르겠다는 생각이 들었다. 누구는 공부하기 위해 일을 그만두는데, 나는 출산이라는 좋은 핑계가 있었다. 아이를 키우며 공부하라는 우주의 신호를 받아들이기로 했다.

서른넷, 진짜 공부를 시작하다

‘육아 맘은 어떻게 공부해야 할까’에 대한 고민을 많이 했다. 당장 육아와 살림을 병행하고 있는 내가 공부를 위해 할 수 있는 최선의 노력이 무엇인지 알아야 했다. 맨땅에 헤딩하듯 아무 준비 없이 공부한다면 과거의 실패를 반복할 것이 뻔했다. 공부를 손에서 놓은 지도 오래였다. 임용 고시 공부라는 큰 산을 내가 과연 넘을 수는 있을까? 아니 시작이나 할 수 있을까? 걱정이 앞섰다.

그래도 기왕 시작하겠다고 마음먹었는데 걱정만 하고 있을 수는 없었다. 서른넷, 셋째 아이 출산과 동시에 임용 공부를 시작하기로 마음먹었다. 아이가 태어나기까지 남은 시간은 공부를 위한 준비 기간으로 정했다. 내가 치르는 시험에 대해 전반적으로 이해하는 작업이 필요했다. 공부해야 할 범위를 확인하기 위해 시험 공고문을 프린트했다. 그리고 수

많은 합격 후기들을 보며 어느 범위까지, 어떤 방식으로 공부해야 할지 이해하기 시작했다.

그다음으로 도서관으로 달려가 공부법에 관한 책을 훑어보며 나에게 맞는 공부법을 찾는 데 주력했다. 자신의 성향과 환경, 처해있는 상황에 맞는 공부법을 찾아야 효과적으로 시험을 준비할 수 있겠다고 생각했기 때문이다. 세 아이를 키우는 엄마라는 상황에서 임용고시를 준비한다는 것은 절대적으로 부족한 시간과의 싸움이 될 것이다. 나는 누구보다도 가장 효율적인 공부법을 찾아야만 했다.

나름 비장하게 시작했지만, 수많은 공부법을 탐색하며 나는 다시 좌절의 늪으로 빠졌다. 공부해야 할 방대한 분량만 해도 숨이 턱 막혔다. 그리고 주변의 모든 상황을 단순화시키고 오로지 공부에만 전념할 수 있는 환경을 만드는 것이 우선이라는 말에 머뭇거렸다. 난 지금 그럴 수 없는 상황이라고 생각했다. 그래서 최종적으로 내린 그해 공부 목표는 이 시험이 내가 도전해도 되는 시험인지 확인하자는 것으로 방향을 잡았다. 나중에서야 나는 이런 나의 목표가 잘못되었다는 것을 알았다. 이 시험을 내가 감당할 수도 있겠다는 가능성만 맛보는데 2년이라는 시간이 걸렸으니 말이다.

공무원 시험에 최적화된 지인 H가 있다. 모두가 신이 내린 공시생이라는 말을 할 정도다. 서울시 공무원 시험에 1년 정도 공부하고 붙어 공직 생활을 했다. 그러다 고향으로 내려가기를 원해서 다시 지방 공무원 시험 봤는데 합격했다. 그러다 이번엔 직렬을 다르게 해서 공무원 시험을 한 번 더 보았고 또 합격했다. 그것도 일하면서 짬짬이 공부하고 단번에 이뤄낸 결과였다. 난 그런 H에게 흔히 쓰는 말로 '넘사벽'이라는 말을 하곤 했다. 감히 넘볼 수 없는 신이 내린 공시생이 분명했다. 누구는 공부만 몇 년씩 해서도 떨어지는 시험인데, H는 일하면서 공부했음에도 불구하고 척척 붙으니 말이다. H에게 내가 공부를 시작하며 한 말이 있다.

"집에서 아이 키우면서 공부 한 번 해보려고. 한 2~3년 생각하고 공부해보면 될 것 같아. 올해 시험에서는 임용 시험에 도전해도 괜찮은지 가능성만 테스트해보려고!"

그런 내 말에 H는 뼈 때리는 조언을 서슴지 않고 해주었다.

"지금 네 상황에서 공부한다는 게 쉽지 않은 결정이었겠네. 근데 한마디만 할게. 시험은 그런 마음으로 도전하는 게 아니야. 목표를 정하고 합격할 수 있는 최선을 방법을 찾아 공부해야지. 그래야 단번에 끝낼 수 있어. 2~3년간 공부하는 걸 목표로 하는 사람들 보면 딱 그 스케줄에 맞게 공부하더라고."

"지금 시험까지 고작 8개월 남았어. 전에는 제대로 공부해 본 적 없으니까 초수나 마찬가지야. 내가 8개월 공부해서 합격할 수 있을까? 공부량도 어마어마하고. 최소한 2~3년은 잡아야 합격할 수 있을 것 같은데."

"아직 시작을 안 해서 엄두가 안 나지? 그래도 할 수 있어. 공부 시간보다 선택과 집중이야. 공부 시간보다 중요한 게 질이라고. 학문하는 게 아니잖아. 시험만 패스하면 되는 거야. 네가 처한 상황에서 얼마든지 너만의 공부 방법을 찾아 공부할 수 있어. 남은 시간 안에 최선의 공부 전략을 세워서 하면 안 될 것도 없지. 나도 일하면서 공부했잖아. 공부도 습관이야."

"그거야 너는 워낙 공부하는 게 몸에 익어서 그렇지. 난 아니라고."

진심 어린 친구의 조언이었지만, 왠지 짜증이 밀려왔다. 젊은 나이에 일찌감치 시험에 합격해 자리를 잡은 친구인지라 늘 부러웠었다. 친구가 무슨 말을 하는지 머리로는 이해가 되었다. 하지만 그때는 H의 말뜻을 온전히 이해하지 못했다. 지나고 보니 공시계의 넘사벽다운 조언이었다. 내가 이 시험에 합격하는데 결국 3년이 걸렸으니 말이다. 나는 평소 첫째 아이가 초등학교 들어가기 전까지 시험에 합격해야겠다고 생각해왔다. 결과적으로 정말 아이가 초등학교에 입학하기 직전에 합격했다.

영아기의 아이를 키우는 엄마라면 늘 잠이 부족하다. 항상 명료하지 못한 정신 상태로 일상생활을 한다. 신생아 때는 아이가 울 때뿐만 아니라 아이의 작은 뒤척임에도 금방 잠에서 깬다. 혹시 잘못될까 하는 마음에서다. 돌 전까지 아이 옆에서 잠들며 수십 번씩 자다 깨기를 반복하다 보니, 몸이 이제 신호를 보내왔다. 두통을 달고 살았다. 집중할 수 없는 상황이 자주 생겨 물건을 잃어버리기 일쑤였고 내가 무슨 일을 하려고 했는지 깜빡깜빡했다. 그런 상황에서 공부까지 하려니 여간 힘든 일이 아니었다.

"네가 이루고 싶은 게 있다면 체력을 먼저 길러라. 네가 종종 후반에 무너지는 이유, 데미지를 입은 후에 회복이 더딘 이유, 실수한 후 복구가 더딘 이유, 모두 다 체력의 한계 때문이다."

나의 인생 드라마 〈미생〉에 나온 대사 중 하나다. 시험을 준비한다고 하니, 주변에서 하는 말도 체력도 같이 키우라는 것이었다. 건강이라면 자부했던 나였는데, 아이 셋 낳고 나니 어쩐지 훅 간 느낌이었다. 첫째 아이 낳고 나서 허리나 골반 교정을 받아야지 했었다. 그걸 셋째 아이를 낳기까지 미뤘더니 허리가 늘 아팠다. 공부한다고 의자에 앉으면 허리 통증이 몰려왔다. 아픈 걸 핑계로 누워 있었던 적도 많았다.

체력이 안 되니 자꾸 공부를 포기하고 싶은 마음이 스며들었다. 공부한 지 3년째 되는 해에는 도저히 이대로는 안 되겠다고 생각했다. 근처 필라테스 학원에 등록해 꾸준히 운동했다. 하루 1시간이나 2시간 정도 운동을 하고 오면 몸도 개운해졌다. 그만큼 공부할 시간이 줄어들었지만, 운동 후 맑은 정신으로 공부할 수 있어 효과적이었다. 그렇게 조금씩 체력을 기르니 일상에 활력이 생겼다. 효과를 보니 멈출 수가 없어 시험이 끝나고서도 재등록해 열심히 다녔다. 체력의 한계를 조금씩 극복해나가니 가끔 찾아오는 슬럼프도 가볍게 넘길 수 있었다. 공부에도 체력이 필요하다는 말을 절감하며 즐겁게 운동하던 시간이었다.

한편으로는 너무 늦게 공부를 시작한 건 아닐까 하는 생각에 조바심이 들기도 했었다. 그런 불안을 잠재우기 위해 나만의 공부법을 계속 찾아가며 시도했다. 느리지만 방향성을 잃지 않으려고 했고, 슬럼프가 찾아올 때는 긍정적인 마인드로 무장하려고 노력했다. 그렇게 오랜 인고의 끝에 최종합격이라는 결과를 얻었다. 어른이 되어 시작한 진짜 공부의 종지부를 찍은 셈이다.

나이가 많아 무언가를 시작하기 두려운 마음이 드는 건 당연하다. 하지만 나이는 숫자에 불과하다는 말이 있지 않은가. 정말 그렇다고 생각한다. 내가 하고 싶은 일이 있다면, 가지 못한 길이 있다면 당당히 도전해보기 바란다. 늦은 나이란 없다. 늦은 실천이 있을 뿐이다. 조금씩 도전하다 보면 길이 보이고, 방법이 생긴다. 그중 나에게 맞는 최고의 방법, 최적의 방법을 찾아 계속 도전하면 되는 거다. 열매는 언젠가 반드시 맺을 것이다.

엄마는 도서관으로 출근합니다

“엄마는 가방 메고 어디 가?”

“우리 어린이집 가면, 엄마는 도서관 갈 거야?”

“응. 너희들이 어린이집에 가서 선생님 말씀 잘 듣고 친구들하고 재미있게 놀다 오지? 엄마는 그 시간에 도서관에서 열심히 공부하려고.”

“아빠는 일하러 회사로 출근하고, 엄마는 공부하러 도서관으로 출근하는 거네요?”

도서관까지의 거리는 15분. 나는 그 길이 참 좋았다. 봄이면 아파트 단지 울타리 사이에 핀 들꽃이 그렇게 예뻤다. 가을이면 붉게 물든 단풍잎이 깔린 길을 걷는 것이 정말이지 행복했다. 비록 공부하는 시간이 그렇게 즐거운 일만은 아니었지만, 도서관에 가는 시간만큼은 맘껏 즐겼다.

나는 임용고시 합격을 위해 3년을 공부했다. 그중 첫해는 아이를 출산

하고 육아하느라 일 년 내내 집에서 공부했다. 해도 별로 티 나지 않지만, 안 하면 너무 티 나는 청소와 집안일도 병행해야 했다. 청소기를 돌리고, 걸레로 닦고 환기를 시키는 이 한 세트의 집안일도 은근 시간을 많이 잡아먹었다.

공부라 해봤자 틈틈이 강의 듣는 것이 다였다. 아이를 안고 수유하며 듣기도 하고, 설거지할 때 강의를 틀어놓고 듣기도 했다. 졸업 후 처음 하는 전공 공부인 데다 아이까지 돌보며 했기 때문에 조금 산만하게 공부했던 것 같다. 그래서 항상 조용히 나만의 공간에서 집중해서 공부하는 것이 소원이었다.

두 번째 해에는 막 첫돌이 지나는 막내까지 가정 어린이집에 보내고 공부했다. 3월 한 달은 아이 적응 기간이라 하루 한 시간씩 어린이집에 보내고 차츰 어린이집에 머무는 시간을 늘렸다. 그래도 공부 시간은 늘 부족했다. 평소에 잘 하지도 않는 청소는 공부만 시작하면 어찌나 하고 싶어지는지.

아이들을 어린이집에 등원시키고 다시 집에 들어오면 지저분한 거실이 가장 먼저 들어왔다. 아이들이 급히 먹고 간 아침 밥상이 그대로 있으니, 그것부터 당장 치워야 했다. 설거지하고 나면 아이들이 벗어 놓은 옷들이 눈에 들어왔다. 그러다 자연스레 빨래하고 집 정리를 한다. 잠깐 들른 화장실은 또 왜 그리 지저분한 것인지. 화장실 청소까지 마무리하고 나면 1시간이 훌쩍 지나있었다. 이제 준비해서 도서관에 가면 2~3시간 잠깐 앉아 있는 것이 다였다. 그래서 도서관에 가는 걸 포기하고 집에서 그 시간이라도 집중해서 공부해보려고 해도 잘되지 않았다. 공부가 습관이 되기까지 그렇게 내 몸은 어떻게든 저항하려고 했다.

사실 공부 시간이 너무 적어 도서관에 오가는 시간 좀 아껴보려 집에서 공부했었다. 하지만 공부 습관이 자리 잡지 못한 상황에서 집에 있으니, 자꾸 잡념이 생기고 피곤하면 잠자리에 눕게 되었다. 주변에 쉴 수 있는 환경이 많으니 저절로 공부할 수 없는 다양한 핑곗거리를 만들었다. 조금만 졸리면 잠깐 눕는다는 게 2~3시간을 넘게 잔 적도 많았다. 밤새 돌아가면서 깨는 아이들 때문에 늘 잠이 부족한 터였다.

일반 서적을 읽기 위해 몇 시간이고 가만히 앉아 있는 나였다. 하지만 공부를 시작하려고 하니 내 몸이 그 생활 자체를 거부했다. 어떻게든 공부에서 벗어나고 싶었다. 집에서 강의를 듣거나 책을 읽을 때도 집중이 되지 않았다. 이 악순환을 끊기로 했다. 공부를 안 하더라도 무조건 도서관을 가서 앉아 있기로 마음먹었다. 그렇게 조금씩 도서관에 가는 습관을 들였다. 내 공부 습관은 이렇게 조금씩 자리 잡아 갔다.

도서관에서 공부하다 보면 참 많은 사람을 만났다. 몇 년 전에 열람실에서 봤던 사람이 아직도 열람실 한 자리를 차지하고 있기도 했다. 공부하는 책을 보아하니, 법률 공부 같았다. 어쨌거나 그 긴 시간 동안 지치지 않고 그 자리를 지키고 있는 것도 대단하다고 생각했다. 대학 시험 기간에는 젊은 청년들이 다양한 전공 서적을 보며 공부하는 모습이 눈에 띄기도 했다. 그 시절이 그리워 유난히 눈길이 더 가기도 했다.

나처럼 임용고시 공부를 하는 사람도 보였다. 전공은 다르지만, 그 사람이 가지고 있는 책만 봐도 어떤 과목의 임용 공부를 하고 있는지 알 수 있었다. 나는 대학 시절에 임용 공부가 두려워 도전조차 하지 않았다. 하지만 내 앞에 앉은 젊은 청년은 일찌감치 자신의 진로와 방향을 정해 공부를 시작하고 있었다. 매일 같은 자리에 앉아 꾸준하게 공부하는 사람들을 보며 인생 공부가 되기도 했다. 저마다의 꿈을 위해 노력하는 모습들이 나에게 좋은 자극제가 되었다.

도서관은 공부에 지친 나에게 유일한 휴식처가 되기도 했다. 책 욕심이 많았던 탓에 도서관 자료실에 가서 책을 훑어보는 것이 유일한 낙이었다. 정해진 공부가 끝나고 휴식 시간을 가질 때는 자료실로 내려가 이런저런 책들을 들춰봤다. 공부만 하다가 일반 서적을 읽으니 책 읽는 시간 자체가 행복했다. 특히 신간 코너에 가서 책 제목을 쭉 훑어보고, 흥미가 느껴지는 책을 빠르게 넘겨보며 공부 스트레스를 풀기도 했다.

또 도서관에서 공부하면 좋은 점 중 하나는 전공 서적의 책을 찾아 발

췌독할 수 있다는 것이었다. 공부하다가 이해가 가지 않거나, 좀 더 넓은 의미에서 맥락을 이해하고 싶을 때는 자료실로 달려가 전공 서적을 뒤적였다. 실제 자료실에서 참고 서적을 읽은 부분이 시험에 나오기도 하는 행운을 얻었다.

전공 서적을 사려면 한 권에 2~3만 원씩은 지출해야 한다. 책을 산다 해도 그 내용을 다 소화하기도 어렵다. 그리고 실제 시험에 나올만한 내용만 발췌하면 되는데 그러기 위해 전공 서적을 모두 산다는 건 경제적으로나 시간상으로 비효율적이었다.

공부하는 중간중간 새롭게 출간된 전공 서적이 있으면 도서관에 희망도서로 신청해서 보았다. 필요할 때마다 도서관 책을 참고해서 보니 정말 효율적이었다. 대여 기간이 정해져 있어 그 기간 안에 책을 훑어보려고 노력했다. 도서관에서 전공 도서를 대출받는 것은 시간적으로나 경제적으로 이득이었다. 내가 도서관을 사랑하지 않을 수가 없었다.

여느 때처럼 가방을 메고 도서관에 가는 길에 동네 엄마를 만났다.

"또 도서관 가요?"

"네, 애들 어린이집 보내고 잠깐 다녀오려고요."

"아이고, 공부한다고 고생이 많네요."

"올해까지만 도전해보려고요. 이게 될 것 같으면서도 안 되니 오기가 생기네요."

"몸도 안 좋으면서! 왜 그렇게 인생 힘들게 살아요?"

공부한 지 3년째 되는 해였다. 옆에서 내가 공부하는 모습을 지켜본 터라 걱정하는 마음으로 한 말이라는 것을 잘 안다. 3년째 되던 해에는 정말 몸이 안 좋아져서 병원 치료와 운동을 병행하면서 공부하던 중이었다. 그래도 이게 포기가 안 되었다. 흔히 말하는 '임용 시험의 늪'에 빠진 건 아닌가 싶었다. 그래도 시작을 했으니 끝을 봐야겠다고 생각했다. 인생 힘들게 살면 어떤가? 내가 하고 싶은 일이니 끝날 때까지 도전해보고 싶었다.

사람들은 나름의 인생 계획을 짜고 그 안에서 열심히 살고자 노력한다. 그 노력이 어떤 성과를 내지 못할 때, 우리는 그 일이 너와 맞지 않는 것 같다며 다른 길을 찾으라고 말하기도 한다. 그 노력을 아무것도 아닌 것으로 치부해버리기도 한다. 하지만 함부로 그렇게 말하면 안 된다는 것을, 그들의 노력이 언젠가는 열매를 맺으리라는 것을 직접 경험하며 알았다. 이제 나는 결과에 상관없이 다른 사람의 노력에 아낌없는 박수를 보내는 사람이 되었다.

나는 도서관에 갈 때마다 계단에 붙어 있는 명언들을 읊조리며 그날 공부의 의지를 다졌다. '오늘날 나를 있게 한 것은 동네의 공공도서관이었다.'라고 말한 빌 게이츠의 명언이 마음에 와 닿았다. 나는 시험에 합격하기 위해 도서관을 찾았지만, 도서관에서 공부하고 책을 읽고 쉼을 가지는 것이 참 좋았다. 오로지 나에게 집중할 수 있기 때문이 아니었을까 싶다. 나도 나중에 빌 게이츠처럼 멋진 한 마디를 남겨야지 다짐했다.

"내가 임용 시험에 합격한 것은 동네 도서관이 있었기 때문이다."

간절하거나 절박하거나

어떤 행동이 습관이 되기까지 참 많은 시간이 걸린다. 그리 많은 에너지를 쓰지 않고도 무의식적으로 그 행동을 할 수 있는 자동화 단계가 습관일 것이다. 거기까지 가기 위해 정말 수없이 많은 반복이 필요하다.

수능 시험 준비도 그리 열심히 하지 않은 나였다. 그런 내가 아이 셋을 키우며 공부를 하겠다고 했을 때 그 누구보다 나 스스로가 의심을 거두지 못했다.

조금 공부하다가 금방 힘들어했다. 한숨 자려고 눕기 일쑤였다. 공부 습관이 들지 않은 탓에 공부를 위해 시간을 할애하는 것이 정말 어려웠다. 공부의 진입장벽이 너무 높게 느껴졌다. 지금껏 제대로 공부해본 적도 없고, 그렇다고 이게 합격을 보장하는 공부도 아니었다. 그래서 두려운 마음이 컸다. 공부하다가도 미뤄둔 집안일이 눈에 들어오는 이유이기도 했다. 이런저런 잡생각이 들어 그 아까운 시간을 낭비하기도 했다. 그런 나에게 공부에 대한 경각심을 일깨워준 사건이 일어났다.

공부한다고 어영부영 시간을 보낸 지 1년이 지난 무더운 여름날이었다. 남편의 여름 휴가에 맞춰 시댁 나들이를 가던 길이었다. 이제 막 16개월이 된 막내 아이가 뭐가 불편한지 울기 시작할 때 큰 언니로부터 전화가 왔다.

"언니, 잘 지내지? 무슨 일이야?"

"난희야, 잘 들어. 아빠가 위암이래."

"아빠가, 뭐라고?"

아이가 자지러지게 우는 통에 잘 알아듣지 못했다. 어쩌면 제대로 듣고도 내 귀를 의심했는지도 모르겠다.

"아빠가 위암이래. 내일 수술 들어가신다네. 우리가 걱정할까 봐 아무한테도 얘기를 안 하셨대."

흐느끼며 떨고 있는 언니의 목소리가 이번에는 너무도 선명하게 들렸다. 아버지가 위암이라니. 사실 진단을 받은 지는 한 달이 넘었고, 운 좋게 수술 날짜가 빨리 잡혀 내일 수술을 한다고 했다. 다행히 많이 진행되지 않은 터라 위 절제를 하고 항암치료는 하지 않아도 될 것 같다고 말씀하셨단다.

자식이 다섯이나 되면서 아무에게도 말하지 않으셨다니. 부모님께 서운한 마음이 들었다가도, 한편으로는 참 바보 같다고 생각하기도 했다. 본인 건강보다는 자식들 걱정하시는 부모님이 이해되지 않았다.

전화를 끊고 참고 있던 눈물이 쏟아지기 시작했다. 도저히 멈추지 않았다. 막내가 자지러지게 우는 대도 내가 전화만 붙들고 있으니, 운전하던 남편이 아이나 달래라고 성화였다. 무슨 전화냐고, 끊고 나중에 통화하라고 하던 참이었다. 아이의 울음소리도, 남편의 화내는 소리도, 아무것도 들리지 않았다. 마치 나 혼자 있는 것처럼 목 놓아 울기 시작했다. 에어컨 바람 때문인지, 내 기분 탓인지 서늘한 한기마저 느껴졌다.

"아빠가 위암이래. 내일 수술한대."

남편에게 겨우 이야기를 꺼냈다. 남편은 순간 아무 말이 없었다. 고속도로를 달리고 있던 터라 잠깐 멈출 수조차 없었다. 시댁에 도착하기 전에야 겨우 진정이 되었다. 시댁에 있는 내내 내 모든 신경은 병원에 가 있었다. 둘째 언니와 막냇동생이 연차를 내고 급하게 병원으로 내려갔다. 그렇게 아버지가 수술하고 회복하는 동안 곁을 지켰다.

그러고 보니, 며칠 전 시골에 내려가서 아버지를 뵀을 때 살이 많이 빠졌다고 생각했다. 여름이라 입맛이 없다는 핑계를 대며 우리에게 자신의 병을 비밀로 하셨던 분이셨다. 그 일이 있고 난 후, 혹 수술 경과가 좋지 않아 아버지를 잃을까 걱정을 안고 살았다.

'시간이 없습니다.' 임용 합격을 해야만 하는 간절한 이유가 하나 생겼다. 누구보다 내가 나를 위해 살기를 간절히 바라던 아버지였다. 진짜 시간이 없을지도 모를 일이었다. 아버지가 그토록 바라시는 '임용고시 합격'이라는 선물을 안겨드려야겠다고 다짐했다.

지금 하는 공부를 조금 더 정교하게 다듬어야겠다고 생각했다. 단기간의 시간을 활용해 최대 효율을 얻을 방법들을 생각하고 실천했다. 합격을 위한 나만의 공부법을 구체적으로 만들어갔다. 마음이 너무 힘들어서 다시 공부하기까지 방황의 시간을 보내기도 했지만 어떻게 해서든지 해내고 싶었다.

내가 이토록 간절히 공부하고 싶었던 적이 있었을까? 아주 먼 과거의 기억을 찾았다. 중학교 1학년 때 나는 그 누구보다 간절한 마음으로 공부했었다. 사실 그 시절 지우고 싶은 기억들이 몇 있다. 그때를 떠올리면 우울한 감정이 밀려들었다.

내가 다닌 초등학교는 면 단위에 소재한 한 학년에 한 학급이 전부인 시골 학교였다. 20명이 조금 넘는 친구들과 6년 내내 함께 지냈다. 또래 관계에 스트레스를 받은 기억이 없을 정도로 정말 즐거운 초등학교 시절을 보냈다.

그러다 중학교 진학을 앞두고 두려운 마음이 컸다. 읍내에 있는 여자 중학교로 진학을 해야 했기 때문이다. 소문에 의하면 읍내에 있는 초등학교에는 여자나 남자아이 중 짱이라 불리는 친구들이 있다고 했다. 그 아이들에게 잘못 보이면 왕따를 당하기도 하고 괴롭힘도 심하게 당한다고 들었다. 중학교에 들어갈 시기가 되자 그게 너무 두려웠다. 같이 졸업하는 몇 안 되는 여자 친구들도 중학교에 가면 반이 갈라진다는 사실도 힘 빠지게 했다.

아니나 다를까. 입학하고 얼마 되지 않아 나는 은근한 따돌림의 대상이 되었다. 사물함에 놓아둔 교과서가 수시로 없어졌고, 체육복도 가끔 사라졌다. 시간표에 딱 맞춰 없어지는 물건은 수업이 끝나면 다시 제자리로 돌아왔다. 우리 반 시간표를 꿰뚫고 있는 걸 보니, 괴롭히는 아이는 우리 반에 있는 듯했다. 심증은 있으나 물증은 없는 상황. 난 그 상황이 너무 싫었다.

한번은 미술 시간에 물감을 쓰려고 뚜껑을 열었는데, 누군가 물감 뚜껑에다 빨간색 물감으로 욕설을 써 놓았다. 너무 놀라 후다닥 물감 뚜껑을 닫았다. 얼굴이 홍당무가 되었다. 마르지 않은 붉은 색 물감 때문에 내 기분은 더 늘어졌다. 그런 내 모습을 보고 속으로 낄낄거리고 있을 누군가가 있다는 생각에 억울함을 참을 수가 없었다. 그때 소리 한번 지르지 못하고 그 굴욕을 속으로 삭인 것이 너무 후회되었다. 지금 생각해도 참 비참한 순간이었다.

내가 그 아이를 이길 방법은 뭐가 있을까. 나는 그 아이보다 대담하지도 않고 약지도 않았다. 그렇다고 대놓고 누구냐고, 비겁하게 숨지 말고 나와서 당당히 괴롭히라고 말할 배포도 없었다. 답은 하나다. 공부. 내가 할 수 있는 것은 공부밖에 없었다. 지렁이도 밟으면 꿈틀한다고 하지 않았던가. 정말 너무 간절하고 절박했다. 나는 시험 기간에는 잠을 잊은 채 공부하기도 했다. 그 당시 둘째 언니는 내가 무섭다고 표현하기도 했다. 그러나 나는 내가 공부해야 하는 이유가 분명했기 때문에 멈출 수가 없었다.

소극적인 방법 같았지만, 효과가 있었다. 1학년이 150명 정도 되는 학교의 첫 중간고사에서 내가 전교 3등을 한 것이다. 나 자신이 참 대견스러웠다. 그 당시에는 반 아이들의 시험 성적이 어느 정도 공개되는 시절이었다. 반 아이들도 내 성적을 대충은 알고 있었다. 아이들이 나를 보는 눈이 달라졌다. 그렇게 나는 공부로 내 존재를 알렸다. 시험 성적이 발표된 후 거짓말처럼 괴롭힘이 사라졌다. 정말 통쾌했다. 또 한편으로는 씁쓸함을 감추지 못했지만 말이다.

·

나도 너보다 잘하는 게 있다는 걸 보여줘야 한다는 간절함이 공부하게 했다. 그러다 보니 방법이 보이고, 끝내는 정교해졌다. 이번에는 아버지 때문에 간절해졌다. 시간이 얼마 없을지도 모른다고 생각하니 더 간절해졌고 몰입하게 만들었다. 그리고 마침내 해냈다.

자신의 마음에 품은 간절함과 절박함이 무기가 되는 순간이 온다. 내가 그 일을 왜 해야 하는지 명확히 하고 간절함을 품고 해 나가다 보면, 좀 더 빨리 그 일을 해낼 수 있을 것이다. 간절함의 원천이 무엇이든 다른 사람과 차이를 만드는 데 적절히 활용하면 된다. 같은 노력이라도 그 결과는 분명 차이가 있을 것이기 때문이다.

육아가 공부에 도움이 될 줄이야

공부를 시작한 초기에는 공부 습관이 잡히지 않아 의자에 앉아 있는 시간이 짧았다. 그때 내가 사용한 방법은 아이들에게 사용하던 모래시계를 활용한 것이다.

둘째 아이가 밥을 먹을 때 자리에 바르게 앉아 먹는 것을 힘들어했다. 밥 한 숟가락을 먹고 일어나서 놀고, 다 먹으면 다시 와서 먹는 것이다. 화를 내면 그때뿐, 잘 고쳐지지 않았다. 어느 육아서에서 모래시계를 활용한 팁을 소개해주었다. 나는 '이거다!'라고 생각하고 얼른 모래시계를 샀다. 바르게 앉아 밥 먹는 시간을 5분 단위로 점차 늘리는 방법이다. 5분에서 30분 단위까지 쓸 수 있는 모래시계를 여러 개 샀다. 처음 시작은 아이에게 5분만 제자리에 바르게 앉아서 먹도록 했다. 아이는 5분만 앉아 있으면 되냐고, 그건 쉽다고 했다. 이렇게 짧은 시간 앉아 있는 습관을 들인 후 차츰 시간을 늘려갔다. 그렇게 아이의 밥 먹는 습관을 바로 잡을 수 있었다.

공부를 처음 시작할 때 나 자신에게도 너무 많은 요구를 하지는 않았다. 딱 5분이면 되었다. 5분 동안 전공 책을 보든지 아니면 강의를 듣거나 단순 법을 암기하는 식으로 계획을 짜고 실행했다. 5분 까짓것 하는 마음으로 하다 보니, 5분을 넘기고 10분, 30분까지 공부하는 시간을 늘릴 수 있었다. 아이들을 위해 사 두었던 모래시계가 어느덧 내 공부 책상에 놓여있었다.

그런데 이렇게 지속 시간을 차츰 늘리면서 아이의 밥 먹는 습관을 고치고 내 공부 습관도 고쳤던 방법이 전공 책에 특정 개념으로 고스란히 설명되어 있었다.

'행동 형성법'이 그것이었다. 현재 나타나지 않은 행동을 발생시키기 위해 점진적으로 목표 지점을 달리하여 강화를 주는 것이다. 새로운 행동이 내가 마음먹은 대로 짠하고 바로 나타나 습관이 되면 좋겠지만 그게 쉽지 않다는 얘기였다. 그건 아이나 어른이나 마찬가지였다. 그래서 지속하는 시간을 점차 늘려가며 습관이 되도록 만드는 것이다. '행동 형성법'이라는 개념을 공부할 때 나는 내가 모래시계를 사용했던 경험과 연관 지어 이해하고 암기했다. 절대 잊을 수가 없었다. 만약 그 개념이 시험에 나온다면 나는 아주 확실하게 그 답을 쓸 수 있겠다는 생각이 들었다.

내가 전공한 특수교육은 모든 장애 영역을 전반적으로 익히며 공부해야 한다. 실제 임용고시에서도 각 장애 영역별로 상황을 주고 그에 맞는 지도법을 묻는 문제가 나온다. 내가 아이들을 키우며 사용하고 있는 육아 방법이 전공과 많은 부분 연계된다는 걸 알았다. 말이 어려워서 그렇지 천천히 설명을 읽으며 생각해보면 일상생활에서 아이들에게 많이 사용하는 방법들이었다. 어렵게 느껴졌던 공부를 조금 마음 편히 할 수 있게 된 계기가 되었다.

의사소통 장애 영역을 배울 때는 아이들이 언어를 습득하는 과정을 생각하면서 공부했다. 아이의 언어 발달은 개월 수에 따라 다르게 나타난다. 나는 이미 세 아이를 키운 경력이 있지 않은가. 그 과정에서 자연스럽게 나이별로 발음 가능한 자음과 모음이 무엇인지 대충 감을 잡은 상태였다. 그래서 아이들의 말하는 과정을 생각하며 내용을 이해하고 암기했더니 생각보다 금방 외워졌다. 아이 셋을 키우니 그 과정이 머릿속에 쭉 그려졌다. 외우려고 애쓰지 않아도 자연스럽게 장기기억에 저장되는 신기한 경험을 한 것은 오로지 육아 덕분이었다.

지체 장애 영역에서는 'W 앉기 자세'라는 개념이 나온다. 난 처음 이 개념을 마주했을 때 '참 재미있는 이름이네.'라고 생각했다. 개념에 대해 이해하고 사례 속 사진들을 보니, 아이들이 어릴 때 자주 앉는 자세가 아닌가! 어린 유아들은 일명 '아빠 다리'를 하며 앉기를 많이 불편해한다. 유아들은 가운데 무릎을 모으고, 양발을 바깥쪽으로 가게 하여 앉기를 선호한다. 다섯 살인 막내는 아직도 'W 앉기 자세'를 선호한다.

그 개념을 설명하는 부분에서는 아이들이 왜 그 자세로 앉기를 선호하는지 이유가 나와 있다. 아이들은 근육 발달이 덜 되어 균형 잡기가 어려워 바닥에 닿는 신체 부위를 넓게 해 안정감을 찾고자 한다는 것이다. 다시 말하면 스스로 안정감을 느끼고 편하게 앉기 위해 'W 앉기 자세'로 앉는 것이다. 균형 감각, 보상, 지지면 확보 등의 용어들을 넣어 그 개념을 설명하고 있었지만, 나에겐 어렵지 않았다.

이 개념이 실제 시험에도 나왔는데 나는 정말 고민도 없이 바로 술술 써 내려갔고 득점을 할 수 있었다. 시험을 치르고 나와 보니 그 개념이 시험에 나올 정도로 중요했냐는 말들이 여기저기에서 들려왔다. 그렇게 비중 있게 실린 개념이 아니었기 때문이다. 누군가는 어려운 개념이었겠지만, 적어도 나에겐 그렇지 않았다. 운 좋게 1점을 획득한 순간이었다. 육아가 공부에 도움이 될 줄이야.

'W 앉기 자세' 개념 옆에는 이 자세의 부작용에 대해 나와 있었다. '이 자세는 비정상적인 하지 정렬을 초래하고 관절에 무리가 가는 자세이므로 피해야 한다.' 이 개념을 알고 난 후에는 아이가 'W 앉기 자세'를 하고 있을 때는 바르게 앉도록 지도했다. 공부를 통해 잘못된 자세가 신체 균형에 얼마나 악영향을 미치는지 알게 되어 의자에 앉을 때나 일상생활을 하면서도 되도록 바른 자세를 유지하려고 노력하게 되었다. 이렇게 공부와 육아, 일상이 서로 긍정적인 영향을 미치는 선순환이 이루어졌다.

특수교육은 배움이 느린 아이들을 대상으로 어떻게 가르칠 것인가를 공부하는 학문이기 때문에 사실 아이를 키우면서 적용하는 육아법과 크게 다르지 않았다. 다만 전문적인 용어로 정리되어 있어 그 용어에 익숙해지기까지 시간이 걸릴 뿐이었다. 생소했던 개념의 내용도 그 설명을 천천히 읽어나가다 보면 '아, 내가 아이들에게 사용했던 방법이네! 내가 평소 생활하면서 매일 하는 행동 습관이잖아!' 하는 부분들이 꽤 있었다. 인간의 일반적인 발달 과정에 빗대어 보고, 아동의 장애 정도와 학습 수준에 맞춰 어디서부터 어떻게 가르쳐야 할지를 고민해야 하는 학문이다 보니 우리 생활과 겹치는 부분들이 많은 것이다.

어렵게만 느껴졌던 전공 공부가 조금 편하게 다가왔다. 그런데도 그 방대한 분량에 늘 힘이 빠졌고 나가지 않는 진도에 짜증이 나기도 했다. 그러다 다시 마음을 다잡고 공부에 몰입하기도 했다. 그런 패턴으로 3년이란 시간을 보내니, 결국 합격이라는 결과를 얻었다. 인내한 보람이 있었다. '애 셋도 낳고 키우는데, 그깟 임용 공부 하나 못하겠어?'라며 자신에게 힘을 불어넣어 주고 끈기 있게 공부한 결과였다.

아이 셋 육아 맘인 내가 임용 공부에 도전한다고 했을 때, 누군가는 내게 인생 참 힘들게 산다고 말했다. 또 누군가는 욕심이 지나치다고 말했다. 아이들이나 잘 키우라는 말처럼 들렸다. 그런데도 내가 해내고 싶은 일이었기에, 주변 사람들의 걱정 어린 말에도 아랑곳하지 않고 묵묵히 공부했다. 육아의 과정이 있었기에 공부가 수월했다는 것은 진심이었다. 아이를 낳아 키워본 깡이 있었기에 임용 시험에 도전장을 던졌고, 끝을 볼 수 있었다.

육아 맘들이 자주 하는 걱정이 있다.
'아이 다 키우고 나면 다시 직장 생활을 할 수 있을까?'
'경단녀인 내가 할 수 있는 일이 있긴 한 걸까?'
'지금 하고 싶은 일이 있어도 아이 때문에 배울 시간이 없다.'
'아이가 어느 정도 크고 나면 평소 하고 싶은 걸 해봐야겠다.'

당장 아이들에게 묶여있는 몸인지라 나를 위해 무언가 하기가 참 어설프다. 그럴 바에는 아이들을 어느 정도 키우고 나서 시작하는 게 낫다고 생각한다. 나도 공부를 하기 전까지는 그런 줄 알았다. 뭔가에 몰입할 시간이 전혀 나질 않을 것 같아 시작을 미뤘다. 그런데 막상 공부를 시작해

보니 최소 하루 1시간은 나만의 시간으로 만들 수 있다는 걸 알았다.

집안이 조금 지저분하면 어떻고, 하루쯤 설거지를 내일로 미루면 어떤가? 크게 문제 되지 않는다. 원래도 그리 정리 정돈에 능숙한 사람이 아니라는 걸 인정하면 조금 편해진다. 하루 한 시간, 나를 위한 한 시간을 확보해나간다면 1~2년 후엔 분명 뭔가 달라진 자신을 발견할 수 있을 것이다.

엄마라는 역할에 숨어버린 나 말고, 온전히 나 자신으로 살아갈 때 내 삶의 주인공이 되는 것이다. 무엇을 하든 육아의 시간이 절대 헛되지 않을 것이다. 육아를 통해 배운 엄마 내공을 좀 더 정교히 다듬을 수 있는 그 무언가를 찾아 바로 지금 시작해 보면 어떨까?

500권 서평을 하면서 깨달은 점

내 마음처럼 되지 않는 육아를 하면서 답답한 마음으로 우울하던 시기. 고구마 백 개를 먹은 것 같은 그 답답함을 어딘가에 풀어야 했다.

"〈책 앞에서 머뭇거리는 당신에게〉 서평단을 모집합니다."

서평 활동을 조건으로 신간을 공짜로 받을 수 있다고? 이런 좋은 이벤트가 있다니. 마다할 이유가 없었다. 책도 일주일 내에 받을 수 있어 너무 좋았다. 보통 읽고 싶은 신간 도서가 있으면 도서관에 희망도서 신청을 했었다. 하지만 책을 받기까지 오랜 시간이 걸렸다. 우연히 눈에 들어온 서평단 모집 글이 생명의 동아줄 같았다. 그렇게 시작된 책 읽기는 나에게 마음의 안식처가 되었다. 없는 시간을 쪼개고, 피곤한 몸을 일으켜 세워 책을 읽는 것이 너무 좋았다. '네이버'나 '다음' 사이트의 서평 이벤트를 하는 카페가 있다는 걸 알았다. 그 뒤에는 여기저기 가입해서 읽고 싶은 신간의 서평 이벤트 글이 올라오면 서둘러 신청했다. 그렇게 서평 활동을 하면서 조금씩 글쓰기 근육을 단련해나갔다.

임용 공부를 할 때, 초등 저학년 국어 지도서에서 재미있는 내용을 발견했다. 처음 학교생활을 하는 아이들에게는 발표가 두렵게 느껴지는 경우가 많다고 한다. 지도서에서는 그것을 '말하기 불안'이라고 했다. 말하기 불안을 해소하기 위한 지도법이 몇 가지로 정리되어 있었다. 그중 첫째가 말하기 경험을 많이 갖게 하여 말하기에 자신감을 느끼도록 하는 것이라고 한다. 많은 발표 경험이 쌓이면 자신감이 생기면서 말하기에 대한 불안이 해소된다는 것이다.

그리고 두 번째가 말할 때 실수할 수 있다는 사실을 긍정적으로 받아들이도록 하는 것이다. 무슨 일이든 능숙해지기까지 그 행동을 반복하며 행동하기 마련이다. 그 과정에서 실수는 당연하다. 그러니 실수는 당연하다는 것에 대해 말하고 본인의 실수에 스스로가 인정해 주어야 한다는 것이다. 그렇게 하면 말하기 불안이 해소될 수 있다고 한다.

초등학교에 막 입학한 친구들에게 '말하기 불안'이 있다면, 나에게는 글쓰기 불안이 있었다. 서평 활동으로 첫 책을 받고 나서 서평을 써야 하는데, 무슨 말을 써야 할지 몰라 몇 시간이나 붙들고 있었다. 그래도 글이 써지지 않았다.

지난 8년 동안 육아와 공부를 병행하며 서평 활동을 했던 책이 500권이나 되었다. 한 권 한 권 짧은 서평을 남겼다. 프로 글쟁이가 보면 빈약한 글일지 몰라도 나에게는 큰 힘이 되었다. 특히 임용 공부를 할 때는 무엇보다 가장 큰 힘이 되었다.

서평 활동을 하면서 나름의 구조로 글을 썼었다. 현시대의 흐름이나 책과 관련 깊은 사회 현상의 문제점, 나 자신의 부족한 점과 연계해 서론을 적었다. 그리고 그런 문제를 해결하기 위해 해당 책에서는 어떤 해결 방법을 제시했는지 적는 것이다. 그리고 차후 이 책이 어떤 사람이나 현상에 긍정적인 영향을 미칠 것인지 말하고, 책을 추천하는 방식으로 글을 써 내려 나갔다.

짧게는 800자 정도의 글을 그렇게 나름의 글 구조를 가지고 쓰는데 20분~30분 정도 걸렸다. 물론 처음에 서평 글을 쓸 때는 2~3시간을 붙들고 있어도 500자 채우는 것이 정말 힘들었다. 하지만 같은 일을 반복하다 보니 나만의 방식이 생겼고, 그 틀에 맞춰서 해 나가다 보니 빨리할 수 있었다. 특별히 누군가의 평가를 받는다는 생각이 없었기 때문에 편하게 썼다. 그래서 그 과정을 즐기면서 할 수 있었다. 서평 글을 쓰면서 그렇게 자연스럽게 나의 글쓰기 불안은 사라졌다.

교사 임용 시험은 주관식으로 치러진다. 어떤 전공의 임용 시험이라도 1교시는 전공이나 교육학과 관련된 내용으로 1,200자 이상의 글을 논리에 맞게 작성하는 논술 시험을 치른다. 2~3교시 역시 단답형이나 서술형 등의 다양한 방법으로 답을 써서 제출해야 한다. 어떤 과목의 시험을 치르던지 결국 글을 쓰는 능력이 필요하다.

공부할 시간이 부족했던 나는 논술을 위해 따로 공부할 시간을 내지 못했다. 그보다 전공 내용을 제대로 익혀 논술을 작성해야겠다고 생각했다. 과거 출제되었던 논술 문항의 모범 답안을 몇 번 훑어보고 대략적인 구조를 파악할 수 있었다.

임용 공부를 하는 사람 중에는 논술 때문에 힘들어하는 사람이 있다. 또 서술 문제의 경우 자신이 키워드를 썼는데도 왜 답으로 인정되지 않는지 의문이라는 사람도 있다. 내가 합격을 하던 해에 사전채점을 했을 때, '이건 답으로 인정이 되겠다.', '이건 내가 쓴 답이 조금 부족하다. 답으로 인정되지 않겠다.'는 감이 왔다. 1차 점수 발표가 났을 때 내가 생각한 대로 점수가 나와 신기했다. 답을 서술할 때 어떤 형식으로 적으면 되는지 조금은 알 것 같았다. 이런 경지에 오른 데는 8할이 서평 활동을 한 덕분이라고 장담한다. 그 과정이 없었다면 나는 시험을 위해 논술을 작성하고 서술형 답을 쓰는 기술을 익히는데 정말 많은 시간이 들었을 것이다.

서평 책을 읽다 보니 또 새로운 사실을 알게 됐다. 육아하던 엄마들이 자신의 이름으로 책을 냈다는 것이다. 어떤 책은 육아 에세이였고, 어떤 책은 아이를 키우면서 얻은 노하우와 지식을 바탕으로 쓴 전문 서적이었다. 자신의 이름이 적힌 책을 출간하는 육아 맘들이 대단하게 느껴졌다. 한편으로는 나도 언젠가는 나만의 이야기나 전공 분야에 대해 책을 내고 싶다는 막연한 생각을 했다.

육아를 하는 동안 세상과 단절된 느낌에 답답하던 시절 책이 주는 즐거움은 대단했다. 책 속 주인공들이 각자 다른 색깔을 품으며 사는 이야기가 재미있었다. 사람 냄새가 물씬 풍기는 책을 읽고 있노라면 세상과 단절되어 있던 내가 아니었다. 세상의 주인공이었고, 누군가의 친구이자 열렬한 지지자가 되기도 했다. 내 존재가 여실히 드러나는 느낌이랄까. 그래서 더욱 서평 활동을 즐겼던 것 같다.

500권의 서평 활동을 통해 나는 나 자신의 색다른 모습을 발견하기도 했다. 나는 내가 어떤 일을 진득하게 하지 못하는 사람이라고 생각했다. 영어 공부는 늘 작심삼일이었고 운동은 한 달을 넘기지 못했다. 그런데 서평 활동은 8년이라는 시간 동안 꾸준히 해왔다. 물론 잠시 몇 달 동안 실천하지 않은 적도 있었지만, 결국 다시 책을 붙잡았다. 나의 존재를 느끼게 해 준 유일한 취미 생활이 된 것이다. 오랜 시간 서평 활동을 꾸준히 하는 내가 조금 다르게 느껴졌다.

내가 좋아서 한 일이었다. 처음부터 거창한 목표를 갖고 시작한 것은 아니었다. 하지만 한 가지 일을 꾸준히 해 보니 깨달은 것이 있었다. 무슨 일이든 한 우물을 파는 것은 끈기와 인내가 필요하다는 것이었다. 그리고 그 일을 하는 기술이 점점 능숙해진다는 것이었다. 그 과정에서 덤으로 자신감 까지 얻었다. 무슨 일이든지 하다 보면 그 과정에서 배울 점은 반드시 있다는 것을 깨달았다. 앞으로 어떤 일을 하든지 오랜 시간을 인내와 끈기로 이겨낼 수 있다는 자신감과 용기가 생겼다.

TV에게 아이들을 맡기는 엄마의 반성문

"엄마, 오늘 수요일이지? 도서관 가서 DVD 빌리는 날이다. 맞죠?"

"응, 재미있는 거 빌려올게."

"지난번에 본 거, 그거 빌려주세요. 그랑 쥬떼 하는 거."

"아, 발레리나?"

"맞아. 그거 빌려다 주세요. 그거 또 보고 싶어요."

아이들을 어린이집에 보내고 도서관에 가려고 함께 집을 나서면서 둘째 아이가 신나서 나에게 말했다. 수요일과 토요일은 도서관에서 DVD를 빌려와 보는 날로 정해놓고 한두 개씩 빌려다 주는 게 일상이 되었다. 이러면 안 되는데 하면서도 공부 시간 확보가 어려운 나라서 어쩔 수 없이 만든 규칙이었다.

동네 도서관은 나에게 많은 것을 퍼주는 곳이다. 공부가 하고 싶으면 언제든 편하게 앉아 공부할 수 있는 열람실이 있다. 책을 읽고 싶으면 서가에 꽂힌 책을 읽으며 마음의 안식도 찾을 수 있다. 공부하다 이해되지 않는 부분이 있으면 또 서가에 꽂힌 전공 책에서 도움을 받는다.

나의 공부뿐이랴. 도서관에서 아이들이 좋아하는 DVD를 대여할 수도 있다. 주기적으로 신작들을 만나볼 수 있어서 하루 공부를 마치고 집으로 돌아가기 전 15분 정도를 할애해 대여할만한 DVD를 고르는 게 일상이 되었다.

그렇게 대여해 온 DVD를 아이들과 같이 보았다. 수요일과 토요일 밤은 만화 영화를 보는 날로 정했다. 인터넷으로 팝콘도 넉넉히 주문해두었다. 만화 영화를 함께 보며 이런저런 대화도 하며 즐거운 시간을 보냈다. 공부하며 지친 몸과 마음을 식히는 데도 그만이었다. 함께 깔깔거리며 웃기도 하고 울기도 했다.

아이들과 함께 둘러앉아 영화를 보는 것은 그나마 다행이었다. 해야 할 일이 산더미처럼 쌓여있을 때는 아이들에게 만화 영화를 보여주며 1~2시간 집안일을 하곤 했다. 미처 하지 못한 저녁 준비를 하거나 밀어놓은 집 안 청소를 했다. 처음 마음과 다르게 아이들에게 TV를 보여주는 시간이 점점 늘어갔다.

하루는 어린이집 학부모 면담을 다녀왔다. 담임 선생님께서 나에게 물으셨다.

“어머니, 똑순이는 TV를 많이 보나 봐요. 친구들이 말하는 만화 캐릭터도 줄줄 꿰고 있더라고요.”

“아, 네. 제가 공부한다고 TV를 좀 많이 보여주고 있어요. 줄여야겠네요.”

“그러세요? 시간을 조금 내셔서 아이들과 시간을 보내시면 좋을 것 같아요. 똑순이 책도 좋아하는데, 요즘에는 집에서 책 안 읽는다고 하더라고요.”

처음에 공부한다고 마음이 조급하던 시기가 있었다. 미리 세워놓은 계획을 지키지 못한 날들이 계속되자 조바심이 밀려왔다. 이러다가는 공부는 둘째치고 아이들 양육도 집안 살림도 제대로 된 것이 하나도 없을 것 같았다. 기왕 시작한 공부니 이거라도 빨리 끝을 보고 싶었다.

아이들 키우는 엄마들이라면 누구나 공감하는 것 중 하나가 내 시간이 없다는 것이다. ‘나를 위한 무언가를 할 한 시간이라도 만든다면 소원이 없다.’라는 생각을 많이 한다. 그런데 이런 와중에 공부한다니. 하루 최소 3시간은 온전히 공부 시간으로 만들어야 하는데, 시간 확보가 되지 않으니 조바심이 나는 건 당연했다. 그래서 TV에 아이들을 맡기며 집안일을 할 시간을 벌었다.

그렇게 공부하는 엄마를 둔 아이들은 TV가 제일 친한 친구가 되어 있었다. 한동안 아이들이 본 만화 캐릭터의 책이며 스티커 북, 인형, 변신로봇 등을 사주었다. 그것들이 쌓여 집안 여기저기 나뒹굴기 시작했다.

이사를 위해 집안 정리를 하면서 정말 깜짝 놀랐다. 책장이나 수납공간에서 나온 캐릭터 관련 물품이 쉴 새 없이 쏟아져 나왔다. 양도 어마어마했다. 몇 달 정신 놓고 아이들이 사달라는 장난감들을 사주다 보니, 이게 쌓여 박스 5개를 꽉꽉 채웠다. 비싼 장난감은 5만 원이 훌쩍 넘는 것들도 있었다. 그게 다 얼마인지. 차마 계산할 엄두가 나지 않았다.

가득 쌓인 상자 안의 장난감들을 보며 잠시 생각에 잠겼다. 공부하는 엄마 좀 도와달라며 TV를 틀어 준 것이 부메랑이 되어 나에게 돌아온 것 같았다. 그 장난감을 사느라 아이들과 실랑이를 하며 감정 소모를 또 얼마나 했는지. 그래도 결국 아이들이 승. 패배한 나는 아이들이 원하는 물건을 들고 계산대 앞에 서곤 했다.

돈과 시간만 버린 거라면 그나마 나았다. 가장 나를 슬프게 한 것은 아이들이 아빠, 엄마보다 TV를 더 찾는 일이었다. 어린이집에 다녀오면 TV를 보겠다고 난리였다. 놀이터에 나가서 노는 걸 좋아했던 아이들인데, 그 좋아하는 놀이터도 나가지 않겠다고 선언했다. 내가 도서관에 다녀온 날이면 나를 반기기보다 내가 빌려온 DVD를 먼저 살피는 아이들이었다. 아이들이 변했다고 생각했지만, 그렇게 만든 원인이 나에게 있음을 다시 한번 깨달았다.

내 공부 시간을 조금이라도 늘리기 위해 보여준 TV가 아이들과 나와의 관계도 멀어지게 했다. TV 화면에 고정된 눈길은 좀처럼 나에게 돌아오지 않았다. 몇 번을 불러야지 나에게 고개를 돌리는 아이들에게 못내 서운한 마음이 들었다. 뭐가 잘못되어도 단단히 잘못된 것 같았다. 이사를 하게 되면 새로운 환경을 맞이하게 되니, 이때가 기회다 싶었다. 그래서 계획을 세워 아이들에게 영상을 보여줘야겠다고 생각했다.

이사 후 아이들과 대화를 통해 TV를 보는 시간을 조정했다. 아침 시간에는 TV 보지 않기, 어린이집 다녀와서 30분만 보기, 매주 수요일 밤에는 DVD 대여해서 함께 보기, 그리고 잠들기 전 그림책 3권씩 읽기.

다행히 아이들이 잘 따라주었다. 그리고 아이들이 셋인 덕분에 자기들끼리 쫑알쫑알하며 재미있게 놀기도 했다. 막내가 그림책을 들고 큰아이에게 읽어달라고 하면 큰아이는 기꺼이 책을 읽어주었다. 그사이 나는 설거지를 할 수 있었다.

내가 아이들에게 TV를 보여주는 것은 내 꿈을 위해 아이들이 희생당하는 것과 다름없다고 생각했다. 그 생각이 드니 아이들에게 너무 미안했다. 길어지는 수험 생활 때문에 지치는 건 나뿐 아니라 아이들도 마찬가지였구나 싶었다.

아이들에게 미안한 마음에 아이들과 있는 시간에는 오로지 아이들에게 집중하기로 했다. 놀이터에 나갈 때도 전공 책을 챙겨서 나간 나였다. 그것도 하지 않기로 했다. 어디 긴 장거리 여행을 갈 때도 보든지 안 보든지 책을 잔뜩 싸매고 갔다. 차 안에서도 시간만 되면 한 자라도 봐야지 하는 생각에서였다. 이건 아니구나 싶어 그것도 그만두기로 했다. 가족과 시간을 보내야 할 때는 책을 잠시 내려놓기로 했다. 그 시간은 나도 공부에서 잠시 멀리 떨어져 온전한 쉼을 얻는 시간으로 삼았다. 그러니 오히려 마음이 편해졌다. 혼자 공부할 수 있는 시간에 집중해서 공부할 수 있게 되었다.

아무리 엄마가 할 일이 많이 있더라도 TV에 아이들을 맡기는 일은 줄이도록 노력하길 바란다. TV를 끄고 아이와 눈을 맞춰 대화하는 시간을 늘려보는 것이다. 그 시간은 결코 낭비하는 시간이 아니다. 더 멋진 꿈을 이루는데 밑거름이 되는 시간이 될 것이라는 걸 확신한다. 아이와 올바른 애착 관계를 형성하게 되면 아이들도 서로의 꿈을 응원해주는 든든한 지원군이 될 것이기 때문이다.

공부하는 엄마이지만, 또 아이들을 잘 양육하는 것도 내 역할이 아니겠는가. 육아와 공부의 균형을 잡는 일은 참 어렵지만, 원칙을 세우고 나름대로 방법을 찾으면 길이 열린다. 시간이 없다고 말할 것이 아니라 아이들과 함께 하는 시간은 그 무엇보다 귀하다는 생각으로 바꾸면 좋겠다.

오롯이 공부하는 시간, 미라클 모닝

'애들 재우면서 또 잠들었네!'

아이들 등원 시간에 맞춰 겨우 일어나서는 또 자책하며 하루를 시작했다. '아이 키우는 엄마들이 다 그렇지!' 하면서 합리화를 해보지만, 또 밀려버린 공부 계획표를 보니 한숨만 나왔다. 아이들이 잠든 시간에 조금이라도 공부해둬야 강의 진도에 맞춰 공부할 수 있었다. 하지만 피곤함 때문에 아이들을 재우다 나도 따라 잠들었다. 그리고 아침에는 한없는 후회만 남았다.

공부하던 첫해는 아이 출산과 육아로 24시간 아이와 함께 있어야 했기 때문에 정말 시간이 없었다. 전공 공부라 그런지 진도가 매우 더뎠다. 그해 목표는 공부해야 하는 전체 과목의 교재 1회 읽기와 인터넷 강의 한 번 끝까지 듣는 것이었다. 아이를 품에 안고 수유하면서 틈틈이 들었음에도 시험 2주 전에야 강의를 다 들을 수 있었다. 첫해의 목표는 딱 거기까지였다. 하지만 그 시간을 내는 것조차 버거웠다.

재수할 때는 3월부터 돌이 지난 막내 아이를 어린이집에 맡기고 공부를 시작했다. 적응 기간이 지난 후에는 보통 5시간 정도 보육을 할 수 있었다. 집으로 돌아와 집 안 청소를 대충 마친 후 공부를 2~3시간 하고 또 저녁 준비를 해야 했다. 시간에 늘 쫓기는 건 어쩔 수 없었다.

주말을 보내고 일요일 저녁만 되면 세 아이 중 한 명의 열이 오르기 시작했다. 월요일부터 공부 진도에 맞춰 공부하려고 했던 계획들이 무용지물이 되었다. 아이의 병간호를 하느라 나도 밤새 잠을 설쳤다. 그렇게 아이를 어린이집에 보내지 못하고 데리고 있은 지 일주일이 지났다. 아뿔싸. 그다음 주에는 다른 아이가 열이 났다. 그리고 그다음 주에는 남은 세 번째 아이마저 열이 났다. 그러다 마지막에는 내가 녹다운되어 몸살이 나기도 했다. 꼬박 한 달 내내 가족들 건사를 하고 나니 내 몸이 축났다. 한 달이라는 공백을 깨고 다시 공부하기까지 또 적응 기간이 필요했다. '아이 키우며 공부하는 것이 내 마음대로 되지 않는구나.' 몸소 체험했다.

"주말에 아프면 안 되니?"

아이에게 말도 안 되는 요구를 입 밖으로 내뱉기도 했다. '한꺼번에 아프면 안 되나?' 하는 어이없는 생각이 들기도 했다. 주말에 신나게 놀다가 일요일 밤만 되면 아픈 아이들이 공부하는 나로서는 불만 아닌 불만이었다.

이런 상황이 반복되자, 규칙적으로 시간을 정해 공부하는 것이 무엇보다 중요했다. 그래서 선택한 것이 새벽 기상이었다. 의도한 것은 아니었다. 아이들이 돌아가며 한 달 동안 아프다 보니 공부를 반강제로 쉬어야 했다. 그런데 그렇게 밤새 끙끙 앓던 아이도 새벽녘이 되면 잠깐이라도 깊은 잠을 잔다. 세 아이를 키워보니 그 패턴을 조금 알고 있었다. 밤새 아이 간호를 하다 지쳐 자는 날이 많았지만, 그런 상황에서도 새벽에 일어나 조금씩 책을 보는 습관을 들였다.

처음에는 밤에 아이들을 재우고 난 뒤 공부를 하려고 계획을 세웠다. 그런데 계획이 무색할 정도로 아이들과 꿈나라로 빠져들었다. 아침에 일어나 아이들과 잠들어버린 자신을 얼마나 자책했는지 모른다. 그런 시간이 반복되자 패턴을 바꿔보기로 한 것이다. 밤에는 아이들을 재우면서 함께 자고 새벽에 일찍 일어나 공부하기로 했다. 공부를 하다 6시 반에 출근하는 남편을 배웅하는 것도 나쁘지 않았다. 아침에 일어나 공부방의 창문을 열고 안개 자욱한 새벽 공기를 맞는 것도 꽤 좋았다.

빈속에 커피 마시지 말라고 하는 남편의 말은 끝내 듣지 않았다. 남편이 출근하면 몰래 얼른 커피를 타서 마시는 것도 어느새 새벽 공부의 루틴이 되어 버렸다.

새벽 시간은 참 고요했다. 그 누구의 방해도 받지 않아서 좋았다. 공부하면서도 공부하고 있다는 생각이 들지 않은 시간이 새벽 시간이었던 것 같다. 그만큼 몰입이 잘 되었다. 간단한 스트레칭을 하고, 차가운 물로 세수를 하고 물을 한 잔 마시고 의자에 앉는 이 루틴을 한 달 정도 반복했다. 어느새 그것 자체에 재미가 붙었다. 이 역시 작심삼일을 수없이 반복한 결과였다. 하지만 나름의 즐거움이 생겨 또 도전할 힘이 생겼다.

예전에 '새벽형 인간' 열풍이 대단했다. 나도 그 대열에 합류해보고자 새벽 기상을 시도해보긴 했었다. 새벽 기상이 좋다는 생각은 들었지만, 습관까지 만들지는 못했었다. 작심삼일. 몇 번의 시도와 실패를 거듭하다 결국 포기했던 기억이 난다. 요즘은 '미라클 모닝'이라는 말을 많이 사용한다는 걸 알았다. 미라클 모닝이라니. 뭔가 더 고급스러워진 느낌이랄까. 어쨌든 나도 새벽에 일어나서 나의 미래에 작은 기적이 일어나길 바라며 공부를 했다. 진짜 미라클 모닝이 되길 바라면서 말이다.

최근 켄 모이의 〈아침의 재발견〉이라는 책을 읽었다. 저자는 아침에 기상 후 3시간이 어떤 일을 하던 가장 효율적인 시간이라고 말한다. 아침 3시간을 어떻게 사용하느냐에 따라 인생이 달라진다고 한다. 아침 시간의 효율에 대해 강조하고 또 강조하는 책이다. 이 책을 읽으면서 내가 아침 시간 공부를 택한 것이 신의 한 수였다는 생각이 들었다.

그런 의미에서 육아 맘의 경우 공부 시간을 확보하기 위한 최선의 전략 또한 아침 공부라고 할 수 있다. 새벽 시간이야말로 그 누구의 방해도 받지 않는 오롯이 나를 위한 공부를 할 수 있는 최고의 시간이기 때문이다.

하지만 그 좋은 새벽 공부도 혼자 하려니 계획이 흐지부지되어 고민이었다. 그래서 반강제적인 기상 인증 스터디를 해야겠다고 생각했다. 같은 임용고시를 준비하는 육아 맘끼리 스터디 모임을 꾸렸다. 자신이 원하는 기상 시간을 정하고 주 5일 중 3일은 인증하는 것을 규칙으로 정했다. 현재 시각이 나오는 사진기 앱을 이용해 공부하는 책상 사진을 남기는 방식이었다. 주 3일 인증을 하지 못한 사람은 스터디원에게 작은 기프티콘을 보내야 하는 벌점 규칙도 정했다. 스터디는 새벽 공부 습관을 오랫동안 유지할 수 있도록 하는 하나의 장치가 되었다.

'3일만 채워 보자.'라고 생각하고 시작했지만, 시험이 끝났을 때 벌점을 받지 않은 사람은 나 혼자였다. 그것만으로도 스스로가 참 대견스러웠다. 아침 6시 기상을 목표로 하긴 했지만, 기상 인증을 하고 다시 잠자리에 든 날도 많았다. 완벽하진 않았지만 그렇게 아침 공부 습관을 들이면서 하루 공부 시간을 확보할 수 있었다.

아프리카 격언 중 '빨리 가려면 혼자 가고 멀리 가려면 함께 가라.'는 말이 있다. 나는 공부를 하면서 스터디를 했던 것이 정말 많은 도움이 되었다. 혼자 공부했던 지난날과 비교해도 확연하게 차이가 났다. 혼자 공부하다 중도에 포기해 버리는 시간이 있었고, 공부가 안되는 날은 며칠 동안 책을 아예 보지 않았던 적도 있었다. '함께'의 힘이 얼마나 대단한지 알 수 있었다. 함께 동병상련의 마음으로 스터디를 했던 덕분에 긴 시험 준비 기간을 무사히 통과할 수 있었다.

삶의 작은 변화를 꿈꾸는 사람이라면, 미라클 모닝을 만들어나가길 권한다. 혼자 새벽 기상이 어렵다면 뜻을 같이하는 사람들과 함께 도전해 보는 건 어떨까? 내가 했던 것처럼 인증 스터디를 만들어보는 것도 좋은 방법이 될 것이다. 아침 기상 습관을 만들어 정말 '미라클'한 결과를 만들어내고 싶다면 말이다. 결국에는 꾸준한 실천이 여러분들의 인생을 좀 더 미라클하게 만들어 줄 것이라 확신한다. 나에게 그랬던 것처럼.

남편을 아군으로 만드는 법

"언제 와?"

"10시쯤 들어갈게요. 왜요?"

"언제 오나 궁금해서. 알았어."

아이들을 남편에게 맡기고 도서관에서 공부하던 참이었다. 남편에게서 문자가 왔다. 언제 들어오는지 궁금하다는 듯한 뉘앙스였다. 그날따라 집중이 잘 되어 11시가 다 되어 집에 들어갔다. 세 아이를 다 재우고 남편은 TV를 보며 나를 기다리고 있었다.

"선물!"

남편이 무심하게 내민 손에는 묵직한 상자가 들려있었다. 뭔가 싶어 상자를 여는 순간 깜짝 놀랐다. 노트북이 들어있었다. 한두 푼 하는 것도 아닌데. 괜히 남편에게 미안하고 고마웠다.

공부한다고 남편의 월급에서 일부를 떼어 인터넷 강의 수강료를 내고, 교재와 문제집을 사는 데만 해도 돈이 꽤 들어갔다. 그것뿐이면 나으련만 몸이 여기저기 아파 병원비도 상당히 들어가고 있던 터라 미안했다. 백만 원이 훌쩍 넘는 새하얀 노트북을 보고 있자니 순간 왈칵 눈물이 쏟아졌다.

"올해가 마지막이야. 공부하다 몸 버리는 거 같아서 그만하라고 하고 싶은데. 당신이 그렇게 원한다니 올해까지만 하라고. 마지막으로 하는 공부가 될 테니 좀 편하게 하라고 샀어."

"올해 붙으라는 반협박 선물이네."

"그런 건 아니고. 힘드니 올해까지만 하라고."

남편이 큰맘 먹고 노트북을 사준 덕에 편하게 공부해서 합격했다고 자랑하고 싶었다.

다른 고시생들은 노량진 학원에 가서 현장 강의를 듣지만, 지방에 사는 나는 엄두도 못 냈다. 공부하는 동안 노량진 학원에 한 번도 가본 적이 없었다. 오로지 인터넷 강의만으로 공부해야 했다. 그래서 컴퓨터는 공부하는데 필수품이었다.

공부를 시작하면서부터 컴퓨터를 어디에 둘지 참 많은 고민을 했다. 거실에 두자니, TV 볼 때는 강의를 들을 수 없을 것 같고, 끝방에 두자니 한적하니 좋지만, 거실과 부엌에서 살림하며 보내는 시간이 많은 나에게는 너무 외지다고 생각하던 참이었다. 한번 거실로 옮겼다가 며칠 지나지 않아 다시 끝방으로 옮긴 터였다. TV 덕후인 남편의 따가운 눈초리를 피해 다시 원위치시켰다.

남편과는 취미가 매우 달랐다. 우리 부부는 등산 동호회에서 만났다. 그래서 유일하게 부부가 함께할 수 있는 취미는 등산이었다. 하지만 이것마저도 나의 임신과 출산이 계속되면서 함께 할 수 없었다.

결혼하며 신혼살림을 준비할 때 의견이 분분했던 것이 TV였다. 나는 자취를 할 때도 TV 없이 지냈던 터라 굳이 TV를 사고 싶지 않았다. 곧 아이도 태어나니 TV보다는 거실을 책장으로 채워놓고 싶었다.

하지만 남편은 달랐다. 적막함을 정말 싫어했다. 보지 않더라도 TV는 꼭 켜두는 게 습관인 사람이었다. 그 습관은 지금도 마찬가지다. 아이들도 TV 리모컨은 아빠 것이라고 알고 있으니 오죽하겠는가. 조금 넓은 집으로 이사할 때도 더 큰 TV로 바꾼 남편이었다. 이쯤 되니 나도 포기하고 그냥 남편의 취미를 인정해 주기로 했다.

하루는 집안 살림을 하며 끝방에 있는 컴퓨터의 스피커를 최대로 켜고 부엌에서 강의를 들으며 채소를 다듬고 있는데 남편이 들어왔다. 블루투스 기능이 되는 스피커가 많이 나왔다는데, 기계치인 나는 그것도 몰랐다.

휴대전화 어플로 강의를 듣기도 했는데, 와이파이가 불안정해 끊기기 일쑤였다. 또 화면이 작아 판서가 잘 보이지 않아 휴대폰으로 강의 듣는 것을 즐기지 않았다. 몇 번의 짜증과 불만 섞인 시간을 보낸 후에는 아예 포기하던 터였지만 밀려있는 강의를 들으려면 스피커 볼륨을 최대로 하고 듣는 방법밖에 없었다. 현장을 목격한 남편이 말했다.

"노트북 하나 사 줘?"

"됐어요. 그 비싼 걸 뭐 하러. 그럭저럭 할 만해요."

"왜, 설거지할 때 가까이서 강의 틀어놓고 들으면 좋잖아."

그렇게 대화가 끝났다. 그리고 며칠이 지난 후 남편이 노트북을 사 들고 온 것이다.

대학 시절 쓰던 노트북과는 크기도 무게도 달랐다. 희고 가벼운 노트북이 마냥 좋았다. 말 그대로 산뜻했다. 무선와이파이 기능도 있어 얼마나 좋던지. 부엌에서 강의를 들어도 끊기지 않아 좋았다. 그렇게 노트북을 애지중지하며 공부하는 기간 내내 함께했다. 아이들에게는 엄마 공부하는 컴퓨터니 만지면 안 된다고 신신당부를 했다.

나는 결혼해서도 매년 11월에 있는 임용 시험을 치르러 시험장에 갔고, 그때마다 남편이 동행했다. 남편은 공부도 하지 않은 시험에 매번 응시하는 내가 이해가 되지 않는다고 했다. 한번은 둘째를 출산한 지 2주 만에 시험장을 찾기도 했다. 유축기를 들고 시험장에 가서 쉬는 시간마다 보건실에 가서 유축했다. 그 당시에도 둘째를 낳기 직전, 미래에 대한 불안한 마음에 잠깐 책을 본 게 다였다. 그렇게 매년 시험에 응시했던 나였다.

결혼하고 매년 시험장에 동행했던 남편은 이렇게 얘기했다. 지겹지도 않냐고. 농담처럼 던진 그 말이 상처가 되어 돌아왔다. 내가 참 쓸데없는 짓을 하고 있다고 생각하면서 자존감도 낮아졌다. 어차피 떨어질 시험을 왜 보러 가는지 이해를 못 하던 남편이었다. 지푸라기라도 잡고 싶은 심정으로 매년 시험을 보러 가는 나는 하등의 쓸데없는 짓을 하는 사람인가 싶기도 했다.

남편은 그런 의도가 아니었다고 말했다. 집에서 아이들 키우는 것도 힘든데 무슨 부귀영화를 누리겠다고 힘들게 공부하냐고 말했다. 늘 피곤하고 잠도 부족한 나에게 그 시간에 잠이라도 더 자라고. 지금은 아이와 나에게만 집중하라고 말이다. 그리고 아이들 어느 정도 키우고 나면 공부를 시작하라고 했다.

그래서 본격적으로 공부를 시작하려고 했을 때 처음부터 남편에게 말하지 않았다. 셋째 아이 출산과 동시에 시작한 공부를 남편에게 알리면 또 싫은 소리를 들을 것이 뻔했다. 하지만 생활비를 쪼개 이론서 몇 권을 사고 나니, 당장 강의 들을 돈이 없었다. 신용 카드를 쓰며 돌려막기를 할까 하다 도저히 그럴 용기가 나지 않았다. 하루는 사실대로 남편에게 말을 했고, 남편은 잠시 고민을 하더니 강의료를 결제해주었다. 너무 무리하지 말라는 당부와 함께. 그렇게 공부하는 3년을 묵묵히 옆에서 지원해주었다. 남편에게 내가 원하는 것을 솔직하게 이야기하고 진심으로 이해를 구하니 남편은 어느새 든든한 조력자가 되어 주었다.

시험이 얼마 남지 않은 날은 남편에게 일찍 퇴근해 달라고 부탁했다. 남편이 오기 전 열심히 저녁 준비를 마무리하고, 아이들도 모두 씻겨 놓은 상태로 스탠바이를 하고 있었다. 그리고 남편이 퇴근하고 오면 저녁을 같이 먹고 서둘러 도서관으로 향했다. 남편의 도움으로 저녁에도 2~3시간 정도 더 공부할 수 있음에 감사했다.

지금도 최종합격자 발표날을 잊을 수가 없다. 최종합격자 발표를 확인해야 하는데 나는 너무 떨려 홈페이지 화면을 볼 엄두가 나지 않았다. 옆에 있는 남편에게 클릭만 해 달라고 부탁했었다. 그게 뭐라고 남편도 아침에 지참을 쓰고 출근을 늦췄다. 남편이 합격 여부를 알려주는 화면을 열어보는 순간 환호성을 연발했다.

"와! 됐다!"
나는 그제야 떨리는 마음으로 남편 곁으로 가서 화면을 들여다보았다.
"최종합격을 진심으로 축하합니다."

이 합격 문구를 보기 위해 참 멀리도 돌아왔구나 싶었다. 합격의 순간을 남편과 함께해서 다행이고 감사했다. 남편이 나에게 한 투자가 결국 빛을 보게 되는 순간을 마주했으니 다행이었다. 그렇게 우리 부부는 합격의 기쁨을 함께 누렸다. 남편이 묵묵히 나의 공부를 지원해 준 덕분이었다.

Part3

시체맘의 합격공부법

명확한 목표로 공부 방향 설정하기

도서관에서 만화 영화 〈발레리나〉 DVD를 빌려와 아이들과 보던 날이었다. 아이들과 팝콘을 먹으며 즐겁게 영화를 보고 있었다. 나는 아이들보다 더 몰입해서 영화를 보았다.

영화 내용은 이렇다. 주인공 '펠리시'라는 여자아이는 발레리나가 꿈이다. 그 꿈을 이루기 위해 친구 빅터와 함께 고아원을 탈출해 파리로 간다. 화려한 무대에서 그랑 쥬떼를 하고 있는 어느 발레리나를 보며 자신도 그 기술을 할 수 있기를 간절히 바란다. 연습을 거듭한 끝에 스승 앞에서 그랑 쥬떼 기술을 선보이지만, 스승은 신통치 않다는 표정으로 이렇게 말한다.

"그냥 준비된 것과 잘할 준비가 된 것은 달라. 잘할 준비를 하기 위해 매일 이렇게 연습하는 거지."

그랑 쥬떼는 높이 점프하여 다리를 벌린 후 사뿐히 착지하는 동작이다. 발레에서 난이도가 높은 동작이라고 한다. 그 후 펠리시는 스승의 가르침을 받아 다양한 기술 연습에 돌입한다. 수없이 넘어지고 실패해도 포기하지 않았고 도전하며 기술이 능숙해질 때까지 연습을 쉬지 않았다. 마침내 펠리시가 높은 계단에서 멋지게 그랑 쥬떼를 하며 뛰어내리는 장면이 나왔다. 그 장면에서 나도 모르게 환호와 기쁨의 눈물을 흘렸다.

"와~ 진짜 멋지다!"

그때 큰아이가 의아해하면서 나에게 물었다.

"엄마, 펠리시가 그랑 쥬떼를 드디어 했는데, 그게 기쁜 거 아니에요? 왜 울어요?"

"너무 좋아서. 감격해서 눈물이 나네. 펠리시 진짜 멋지다. 드디어 꿈을 이뤘어!"

영화를 보고 나서도 여운이 길게 남았다. 특히 스승의 조언이 계속 머릿속에서 지워지질 않았다. 잘할 준비를 하기 위해 매일 특정 기술을 계속 연습해야 한다고? 곰곰이 생각해 봤다.

나는 시험에 합격하기 위해 잘할 준비를 해야 했다. 그 당시 나는 삼수를 준비하고 있었다. 초수와 재수 때 나는 어떤 전략도 세우지 않고 그냥 준비했었다. 그 결과는 불합격이었다.

잘할 준비를 하기 위해서는 어떤 방법으로 매일 공부해야 하는지 아는 것이 중요했다. 나는 〈발레리나〉 영화를 보며 답을 찾았다. 펠리시는 '그랑 쥬떼'라는 기술을 목표로 잡았다. 그리고 그 기술을 완벽히 소화하기 위해 점프해서 가볍게 착지하기, 회전한 후 흔들리지 않고 균형 잡기 등의 특정 기술을 계속 연습했다.

나는 영화를 통해서 나의 공부에 대한 매우 중요한 전략적 방법에 대한 힌트를 얻을 수 있었다. 잘할 준비를 하기 위해서는 분명한 목표가 필요하다는 것이다. 그리고 그것을 이루기 위해 특정 기술을 정교하게 하려고 연습을 반복하는 것이다.

나는 시험 합격을 위해 내가 완성해야 할 목표를 세우기로 했다. 그리고 그것을 실현하기 위해 내가 할 수 있는 전략을 짜고 내게 맞는 공부법을 찾아 꾸준히 실천하기로 했다. 장기적인 안목으로 세울 목표와 그것을 이루기 위한 단기 목표들을 세우고 실천해야 했다. 다양한 전략, 공부법이 필요했다. 전략이 있는 사람과 없는 사람은 확연히 차이가 났다. 잘할 준비를 하기 위해 어떤 목표를 세우고, 전략을 연습해야 하는지 조금 알 것 같았다.

명확한 목표를 세우기 위해서는 지피지기의 전략이 필요하다. 먼저 '지피', 내가 치르는 시험에 대한 전반적인 이해가 우선이다. 공부할 범위가 어디까지인지 알고, 실제 시험 문제는 어떻게 나오는지 기출문제를 보며 파악하는 것이다. '지피'에 해당하는 정보를 입수하는 방법은 여러 가지다. 합격 수기, 해당 시험의 공고문, 기출문제 등을 통해 시험에 대한 전반적인 개관을 파악할 수 있다.

현재 임용 고시 시험은 매해 11월쯤 1차 시험이 있고, 이듬해 1월 중에 2차 시험을 치른다. 크게 유치, 초등, 중등으로 구분된다. 전공마다 공부할 책과 분량이 모두 다르다. 1차는 모두 논술과 주관식으로 이루어져있다. 1차 논술은 유치와 초등의 경우 전공 내용이 문제로 출제되는 경향이 많고, 중등은 교육학 내용이 출제된다. 구체적인 공부 방법을 알기 위해서 기출문제를 반드시 보아야 한다.

2차의 경우는 실기 위주의 시험이 치러진다. 지역과 전공에 따라 다르지만, 개별 면접, 집단토의, 지도안 작성, 수업 실연, 실기 등으로 이루어진다. 이렇게 하나씩 '지피'의 과정을 거치며 내가 준비하는 시험에 대해 알아가다 보면 어떻게 공부해야 하는지 계획이 잡힌다.

다음은 '지기', 나를 아는 것이다. 시험은 합격이 목표이므로, 합격을 위해 내가 어떤 방법으로 공부를 하고 시간을 배분해야 할 것인지 전체적인 계획을 세우는 과정이 필요하다. 시험에 대한, 그리고 나에 대한 정확한 분석을 통해 공부 계획을 세우고 꾸준히 실천하는 과정을 거치면 백전백승, 곧 합격이라는 기쁨을 맛볼 것이다.

육아 맘이었던 나의 경우는 '지기'의 과정이 중요했다. 아이들이 어린이집에 가 있는 5시간과 새벽 1~2시간만 공부가 가능한 점, 아이들이 아프면 이마저도 확보가 어렵다는 점, 나는 이해에 강하고 암기에 약하다는 점 등을 잘 파악해 공부 전략을 짰다.

지피지기 전략으로 시험에 대한 대략적인 이해와 내 상황과 능력이 파악 되었다면 이젠 목표를 설정해야 한다. 이때 목표는 공부를 어떤 방향으로 해 나갈지 길을 정해주는 역할을 한다. 원하는 결과를 얻는 데 필요한 공부 방법과 횟수, 기간을 넣어 목표를 설정하면 된다. 그래야 공부를 하다 길을 잃어도 다시 원점으로 돌아올 수 있다.

나는 이런 식으로 장기 목표를 세웠다. 시험 전까지 이론서 7회 독하기, 마인드맵으로 요약하고 무한 반복해서 보기, 기출문제에 답 적어 20회 독하기, 시험 두 달 전에 기출문제 풀기, 시험 석 달 전부터 답안 작성 방법 익히기 등이다. 이론서 7회 독하기를 목표로 세운 건 다양한 합격 수기에서 그 방법을 추천해 주었기 때문이다. 10회 독을 추천하는 글도 많았으나 나의 현실적인 상황을 고려해 7회 독을 목표로 잡았다. 이해 중심으로 공부하는 나이기 때문에 반복해서 교재를 7번 읽으면 내용을 완벽하게 이해하는 데 도움이 될 것이라 확신했기 때문이다.

장기 목표를 세웠다면 단기 목표를 세워야 한다. 예를 들어 3월 한 달

동안 세운 공부 계획은 대략 이랬다. 기본이론 4과목 공부를 목표로 하고 4개 영역 강의 수강하기, 배운 내용 바로 마인드맵으로 요약하기, 기출문제집에 답 적고 눈으로 훑기, 이론서에 기출문제 표시하기, 이론서 정독하기 등이다. 시간이 조금 걸리는 작업이지만 내가 해야 할 목표를 명확히 해 두니 끝까지 해내는 힘이 어디선가 솟아올랐다.

목표 달성 표를 만들어 공부방에 게시해 두면 좋다. 시각적인 효과가 매우 크기 때문이다. 수업이나 스케줄러에 작성하는 것도 좋지만, 조금 큰 종이에 자신이 정한 목표를 프린트하고 벽에 게시한다. 목표를 달성할 경우 자신만의 표시를 해 나가는 것이다. 나의 경우 세로축은 한 달 동안 공부할 목록을 적고, 가로축은 한 달에 해당하는 30개의 칸으로 나누어서 표를 만들었다. 그리고 그날에 공부한 내용을 간단히 수기로 작성하고 색연필로 칠했다. 그것 자체만으로도 자기 점검의 효과가 생겨 동기가 부여된다. 잘한 점과 그렇지 못한 점 등을 한눈에 분석하기도 좋다. 벽에 게시해 두면 공부 목표를 나뿐만 아니라 가족들과도 공유할 수 있어 좋다. 이것은 마치 공언하기와 같은 효과가 있다.

속도가 조금 느리더라도 괜찮다. 공부 방향을 잃지 않기 위해 실천 가능한 목표를 정하고 묵묵히 조금씩 성취하면 된다. 최종적으로 이뤄낼 목표를 확인하고, 그 목표를 이루기 위해 오늘 하루, 이번 주 동안 해야 할 단기 목표를 세워 하나씩 해치우면 그만이다.

목표가 명확하고 그에 알맞게 잘 실천한다면 언젠가는 원하는 만큼의 경지에 분명히 오른다는 것을 믿으면서 말이다. 그 과정을 충분히 즐기면서 목표를 성취하는 맛을 경험하기 바란다. 그 작은 성취가 모여 결국 좋은 성과를 보여주는 밑거름이 될 것이기 때문이다.

공부시간보다 분량이다. 책을 찢자

하루는 공부 진도가 잘 나가지 않아, 잠자리에 누운 아이에게 푸념했다.

“산아, 엄마가 공부해야 할 게 너무 많은데 오늘도 조금밖에 못 했어.”

“그래요? 그럼 매일 조금씩 하면 되죠!”

“조금씩 계획을 세우는데도 얼마 못해. 책이 너무 두꺼워. 언제 그걸 다 하지?”

“아, 엄마 책상에 있는 두꺼운 책이요? 그럼 그날 공부할 만큼만 책을 찢어요. 무겁지 않고 가벼울걸요.”

“응?”

아이에게 공부가 힘들다고 하소연했다. 처음에는 책이 무겁다는 엄마의 말에 그럼 가볍게 만들면 되지 않느냐는 식의 해답을 주는 딸아이가 마냥 귀엽다고 생각했다.

'책을 찢으라고? 난 그래 본 적이 없는데?'

사실 벽돌같이 무겁고 두꺼운 책을 매번 도서관에 들고 다니는 것이 힘들었다. 그리고 무엇보다 더 힘든 건 심적 부담이었다. 이 두꺼운 책을 다 공부해야 한다는 부담감, 오늘은 이만큼 밖에 공부하지 못했다는 불안감이 커졌다. 심지어 그렇게 두꺼운 책이 책장에 가득 쌓여 있었다.

그렇게 꾸역꾸역 무거운 책을 들고 다니며 공부하다가, 어느 순간 딸 아이의 말이 생각났다. 진짜 책을 찢어볼까? 딸 아이 말처럼 책을 과목별로 나누면 어떨까? 어차피 그 두꺼운 책을 들고 다녀도 그날 공부할 분량은 적었기 때문에 솔깃했다. 분권 된 책을 기준으로 공부 계획을 세우면 좋겠다는 생각이 들었다. 여러 과목이 묶여있는 이론서 한 권을 다 공부하려고 무지막지하게 긴 계획을 세웠고, 공부 기간은 계속 늘어났기 때문이다. 특단의 조치가 필요했다.

일단 책을 영역별로 찢어야겠다고 생각했다. 덤으로 영역별로 공부하며 단기적인 성과들을 만들면 성취감도 생길 것이고 그러다 보면 자신감이 쌓여 한 과목 공부하는 데 걸리는 시간이 줄 거라는 계산이 섰다. 공부하면서 성취감을 자주 느끼고 싶어 책을 분권하기로 마음먹었다.

처음 공부를 시작할 때를 제외하고는 나의 공부 계획은 시간 단위가 아니라 분량 단위로 세웠다. 분량으로 정하니, 내가 세운 목표를 이루는데 훨씬 유리했기 때문이다. 사실 시험을 위한 공부 목표를 '100시간 공부'라고 세우는 사람은 없다. '이번 달은 이론서 3권 완독하기'같이 분량으로 목표를 정하고 하루, 일주일 등의 계획을 세운다. 그렇다면 책도 영역별로 분권을 하고, '이번 주는 이 영역 완독하기'를 목표로 세우면 되는 것 아닐까. 책을 찢는 것이 처음이라 불안했지만 한번 해보기로 했다. 결과적으로 책을 찢은 것이 내가 합격할 수 있게 한 신의 한 수가 아니었나 싶었다.

우연한 기회에 아이에게 나의 고민을 말했고, 아이와의 대화에서 새로운 공부법을 찾았다. 다음 날 나는 책을 분권 해 집 앞 문구점에 가서 스프링 철을 맡겼다. 문구점에 수시로 드나들었는데, 주인이 없을 때는 맡겨놓고 다음 날 찾으러 갈 때도 있었다. 처음에 한두 번은 괜찮았다. 차츰 책이 늘어나면서 그마저도 귀찮았다. 무엇보다 문구점에 왔다 갔다 하는 시간이 아까웠다. 내가 직접 집에서 분권 작업을 하자고 마음먹었다.

그 즉시 인터넷 쇼핑몰에서 제본기, 제본 표지, 스프링을 구매했다. 돈을 좀 들여서 구매 해두니 문구점에 가지 않아도 되고, 시간에 구애받지 않고 내가 하고 싶은 대로 분권 작업을 할 수 있어 좋았다.

처음에 책을 주문할 때 추가 금액을 주고 스프링 분권을 신청한다. 그렇게 분권해도 몇 과목씩 묶여있다. 책이 집에 배송되면 과목별 또는 단원별로 분권하는 2차 작업을 해야 한다. 한 과목씩 또는 내가 원하는 분량으로 다시 분권 작업이 필요했다. 한동안 아이들을 재우고 분권 작업을 하느라 새벽 늦은 시간까지 깨어있기도 했다.

하루는 공부하는 친구를 만나기 위해 노량진 학원가에 간 적이 있다. 그곳에는 작은 복삿집이 곳곳에 있었다. 친구 따라 들어간 그곳에서 친구는 책 분권을 맡겼다. 마침, 내 가방에 전날 산 이론서 한 권이 들어있어 함께 분권 작업을 맡겼다.

그곳은 분권하는 데 가격도 저렴했다. 집 앞 문구점에서는 권당 3천 원을 받았는데, 그곳에서는 천 원이었다. 9권으로 얇게 분권했는데도 만 원이 들지 않았다. 그것도 그 자리에서 바로 즉시 작업을 해 주시는 게 아닌가. 게다가 깔끔했다. 신세계를 경험했다. 이래서 전문가에게 맡기나보다 싶었다. 이런 복삿집이 우리 집 앞에 있으면 좋겠다는 생각도 했다.

책을 찢어 분권하면 대부분 스프링 철을 하게 된다. 그렇게 하려면 책등이 잘릴 수밖에 없다. 책등에 적힌 제목이 없어진 채로 책꽂이에 책을 꽂아놓으면 책 찾기가 어려워진다. 책을 꺼내 보기 전까지 어떤 책인지 알 수 없게 된 것이다. 나는 책등 쪽에 색연필로 색칠해보기도 하고, 최대한 책등 부분이 벌어지지 않게 꽉 잡은 후 사인펜으로 과목 이름을 적기도 했다. 스프링이 있는 탓에 그마저도 삐뚤빼뚤해 영 맘에 안 들었다.

그러던 차에 인터넷 쇼핑을 하며 기발한 상품을 하나 발견했다. 바로 라벨 스틱! 스프링 철이 된 책에 책 제목을 적어 꽂을 수 있는 물건이었다. 플라스틱으로 된 물건인데 저렴하기도 했다. 50개가 들어있는 라벨 스틱 두 박스를 사서 열심히 책 제목을 달았다. 책을 찾는 시간을 절약해 주니 너무 편했다. 10년 체증이 가라앉은 듯 얼마나 후련하던지. 아이디어가 좋은 상품 덕에 또 즐거운 마음으로 공부에 매진할 수 있었다. 공부하면서 이런 소소한 즐거움은 큰 활력이 되었다.

책을 분권하기 시작하면서 집에 공부를 위한 살림살이가 점점 늘었다. 제본기, 스프링, 제본 표지, 라벨 스틱. 이것이 책을 분권하는데 일등 공신한 어벤져스 도구들이다. 이 도구들이 없었다면 힘든 수험 생활을 버티지 못했을 것이다. 아마 집 앞 문구점 아저씨가 제본을 늦게 만들어줬다며 투덜대며 공부하지 않았을까.

시험에 합격하며 이 애장품들을 동생에게 물려줄 때 그렇게 뿌듯할 수 없었다. 나의 합격 기운까지 물려주니 좋은 결과가 있었으면 좋겠다는 바람도 잊지 않고 전해주었다.

책을 찢었을 뿐인데 얻은 것이 참 많았다. 첫 번째는 가방이 한결 가벼워졌다. 그날 공부할 과목의 책만 담으면 되니까 말이다. 도서관에 가는 발걸음도 가벼워졌다. 두 번째로 얻은 이익은 공부에 대한 심적 부담감을 낮춘 것이다. 벽돌같이 두꺼운 이론서를 볼 때마다 '아, 저걸 언제 공부하지?' 한숨만 나왔다. 그런 마음으로 공부하니 효율이 떨어지고 진도가 나가지 않았다. 얇아진 책만큼 공부에 대한 부담감도 줄어들었다. 가벼워진 마음으로 공부하니 즐겁게 공부할 수 있었다. 공부에 진입 장벽을 낮춘 셈이다. 세 번째로는 계획을 세우기 유리했다. 분권한 각 과목의 책 두께를 보며 공부 계획을 세웠다. 다른 과목과 묶어서 공부할 수 있도록 짝을 짓는 데도 한결 수월했다. 찢은 책을 요리조리 편하게 옮길 수 있어 공부 효율이 훨씬 높아졌다. 얇아진 책을 들고 잠자리에 들고 가기도 편했고 가벼운 마음으로 한 번 훑고 자기도 했다. 책이 얇아진 덕에 따라오는 부수적인 효과는 생각보다 훌륭했다. 왜 진작 이 생각을 하지 않았나 싶었다. 이렇게 좋은 걸 말이다.

지면을 빌어 다시 한번 큰 아이에게 감사 인사를 전하고 싶다.

"엄마가 네 덕분에 편하게 공부해서 합격했어. 고마워."

강의 150% 활용 팁

"엄마는 맨날 뭐 듣는 거예요?"

무선 이어폰을 귀에 꽂고 강의나 내가 음성 녹음한 것을 듣고 있으면 아이가 항상 묻는다. 공부하는 동안 나의 귀에는 항상 무선 이어폰이 꽂혀있었다. 시간과 장소에 상관없이 집안 살림을 하면서도 공부할 수있는 방법은 들으면서 공부하는 것이었다.

공부법에 대한 책을 보면 기억을 오랫동안 하는 방법으로 오감을 활용하라는 말을 많이 한다. 그만큼 다양한 감각을 기억의 장치로 활용하라는 말이다. 나는 이 중 청각을 통해 공부하는 것이 도움이 많이 되었고, 또 나의 상황에서 제대로 활용할 수 있는 방법 중 하나였다.

공부를 처음 시작할 때 두려운 마음이 컸다. 내가 그 많은 내용을 전부 이해하고 암기할 수 있을까 하는 생각 때문이었다. 처음 이론서를 읽으며 공부했을 때 이해도 더디고, 진도 또한 너무 느렸다. 기본 지식도 없는 상태에서 맨땅에 헤딩하는 느낌이었다. 그때 가장 큰 도움을 주었던 것이 강의였다. 시험에 정통한 강사들이 일목요연하게 개념을 설명해주니 더없이 좋았다. 눈으로 보며 공부하는 것보다 귀로 강의를 들으니 이해하는데 훨씬 수월했다.

강의를 듣기 전에 먼저 해야 할 작업이 있다. 목차를 보며 해당 영역에는 어떤 개념들이 포함되어 있는지 살피는 것이다. 책을 넘기며 큰 제목과 작은 제목이 무엇인지 눈에 익혀두는 식이다. 이때 책을 눈으로 훑어보는데 5분이면 충분하다. 그리고 강의를 듣는다. 강의를 들으며 교재에 필기하거나 중요하다고 알려주는 부분은 별표를 하게 된다. 그 부분이 좀 더 유심히 보아야 할 핵심 내용이 되는 경우가 많다.

강의를 듣기 위해서는 선택의 과정이 뒤따른다. 자신이 선택한 강의를 들으려면 수십만 원의 수강료를 지출해야 한다. 또 강의를 들으려면 엄청난 시간을 할애해야 한다. 함부로 선택했다가는 강의를 수강하는 내내 마음이 불편하고 시간과 돈을 낭비하게 되는 최악의 상황을 맞이하게 된다. 가뜩이나 없는 시간을 그렇게 허비할 순 없다.

어떤 강의를 들을지 선택하기 위해서는 반드시 샘플 강의를 들어야 한다. 자신이 공부하고자 하는 분야에 어떤 강사가 있는지 확인하고 해당 학원의 홈페이지를 방문해 샘플 강의를 들어야 한다. 강사의 말투, 사투리, 개념을 설명하는 방식, 수험생에게 던지는 농담의 분위기 등을 모두 파악해야 한다. 그리고 자신에게 맞는 강사를 선택해 공부하는 편이 훨씬 유익하다. 잘 선택해야 끝까지 '완강'할 수 있다.

강의를 듣는 방법은 두 가지다. 학원에 출석해 현장 강의를 듣는 것이 첫 번째 방법이고, 인터넷 강의를 듣는 것이 두 번째 방법이다. 현장 강의와 인터넷 강의는 장단점이 모두 다르다. 모두 듣는 공부를 통해 개념을 익히는 방식이므로 큰 차이가 없을지 모르겠으나, 그것을 어떻게 활용하느냐에 따라 결과는 확실히 달라진다.

나는 지방에 살고, 육아 맘인 탓에 서울 노량진에 있는 학원에 다닐 여건이 되지 않았다. 인터넷 강의를 들을 수 있어 나에겐 더없이 좋았다. 하지만 의지가 부족한 초반에는 졸기도 하고 설명이 이해되지 않는 개념들을 몇십 분씩 멍하니 듣고 있는 상황이 반복되었다. 그러다 차츰 인터넷으로 수강하는 것이 익숙해졌다.

인터넷 강의만 활용했던 나는 주변에 인터넷 강의를 많이 추천한다. 그만큼 몇 가지 중요한 장점이 있기 때문이다. 첫째는 현장 강의를 위해 학원에 가는 이동 시간을 줄일 수 있다. 심지어 하루 이동 시간을 합치면 하루치 강의를 모두 들을 수도 있다. 지방에서 노량진 학원으로 가서 현장 강의를 듣는 사람들도 꽤 있다. 이야기를 들어보면 편도 1시간부터 2시간이 넘는다는 사람도 있었다. 왕복 시간만 해도 최소 2시간을 아낄 수 있고, 이동에 필요한 체력 소모가 없다는 것도 인터넷 강의의 중요한 장점이다.

둘째, 나의 일정에 맞춰 강의를 들을 수 있다. 아이가 아프거나 집에 일이 생기는 등 개인 상황에 따라 강의를 듣는 일정을 조정할 수 있다. 아이들을 돌보며 공부하는 엄마에게 자신의 일정에 맞춰 인터넷 강의를 들을 수 있는 것은 최대의 장점이 되지 않을까 싶다. 나의 경우 아이들을 밤에 재우고 나서, 또는 새벽 시간에 강의를 들을 수 있어 좋았다.

셋째, 배속 조정이 가능하다는 것이다. 강사마다 말 속도가 모두 다르다. 그리고 수강생 자신의 공부 정도에 따라 이해하는 속도도 다르다. 공부 초반의 경우 1배속으로 들어야 이해가 가능하지만, 어느 정도 속도가 붙으면 좀 더 배속을 높여 듣기도 한다. 그래서 강의의 배속을 조정하여 강의를 수강할 수 있다는 것도 내겐 장점이었다. 나는 보통 1.2배속으로 들었고, 남은 시간은 아직 이해가 되지 않는 부분을 다시 보는 데 사용했다.

강의는 들을 수 있는 시간이 정해져 있다. 학원과 강의마다 주어지는 수강시간이 모두 다르다. 이것을 배수라고 표현한다. 보통 적게는 1.2배수에서 많게는 2배수까지 수강 시간을 허용해 준다. 예를 들어 A라는 강의의 총 강의 시간이 100시간이고 수강 시간을 1.5배수 준다면, 수강생은 총 150시간 안에서 강의를 자유롭게 들을 수 있다. 일단 1배수 이상의 강의 시간을 제공하는 강의라면 무조건 그 시간을 충분히 활용해야 한다. 나는 실제로 강의를 들으며 이해되지 않는 부분은 교재에 강의 번호와 재생 시간을 간략히 적어두었다. 다음에 남은 수강 시간을 활용해 이해되지 않았던 부분을 다시 반복해서 듣기 위한 전략이었다.

나는 현장 강의든지 인터넷 강의든지 그 강의를 100% 아니 150% 활용할 수 있어야 한다고 생각한다. 공부 기간 중 강의를 듣는데 많은 돈과 시간을 할애하는데, 딱 강의만 듣고 끝내기에는 너무 아깝다. 물론 그래서도 안 된다. 어떻게 해서든 더 많이 활용할 방법을 찾아야 한다.

내가 사용했던 강의 150% 활용법 중 하나가 강의를 한번 듣고 남는 시간을 활용해 강의를 다시 듣는 것이었다. 두 번째 활용법은 공부하다 모르는 부분이 생기면 강사에게 질문하는 것이다. 보통 강사가 운영하는 개인 블로그, 카페, 메일 등 수강생들과 소통하기 위한 다양한 통로가 있다. 수강생은 이것을 잘 활용하면 강의에서만 끝나는 것이 아니라 시험이 끝날 때까지 에프터서비스를 받을 수 있다. 특히 집에서 혼자 공부하는 나에게는 강사 외에는 나의 궁금증을 해소해 줄 사람이 없었기 때문에, 카페를 통해 강사에게 질문을 자주 올렸었다.

내가 강의를 선정할 때 강사가 수강생의 질문에 얼마나 빠르게, 그리고 정확히 설명해줄 수 있느냐가 중요한 기준 중 하나였다. 이것은 수험생 입장에서 매우 중요하다. 강의를 들으며 궁금한 것이 있는데 그 부분에 대해 의문점이 해소되지 않으면 고구마 백 개를 먹은 것처럼 어딘가 꽉 막힌다. 심지어 이해되지 않는 부분 때문에 다른 영역을 공부할 때도 집중하지 못한다. 의문점이 해결되지 않았으니 말이다. 카페나 메일로 질문을 해도 한 달이 지나도록 답변을 받지 못했다는 말을 심심치 않게 들었다. 수강생들과 불통하는 강사는 강의가 좋다고 해도 선택하지 않았다.

내가 강의를 들었던 강사는 인터넷 강의 수강생인 나에게도 참 친절했다. 처음에 강의를 수강하지 않는 상태에서 공부 방향이나 공부 방법에 대해 질문하는 메일을 보냈는데, 놀랍게도 정말 상세하고 친절하게 메일을 주었다. 정말 정성을 다해 강의하는 사람이구나 생각했다. 수강하는 중간에 모르는 내용이 나오면 카페를 통해 질문을 했는데 하루나 이틀 안에는 반드시 답을 주었다. 그것도 예시를 들어가며 아주 상세히 말이다. 카페에 질문하기 전에 다른 수강생이 같은 질문을 한 적은 없는지 검색해보았고, 강사가 적은 댓글이 있으면 너무 감사했다. 글을 작성하는 시간을 줄이고, 답변을 기다리는 시간도 아낄 수 있었기 때문이다. 실제 시험에서 강사에게 질문했던 문제들이 매해 1문제씩 출제되었다. 지엽적인 내용에 난이도가 높은 문제였음에도 큰 어려움 없이 답을 적어낼 수 있었다.

강의 150% 활용법 중 세 번째 방법은 강의를 음성 녹음하는 것이다. 저작권이 있으니 외부유출은 불법이다. 나는 철저히 나의 공부를 위해 어려운 개념 부분을 음성 녹음했다. 그렇게 녹음한 강의는 파일 제목도 '과목-개념' 이름으로 저장해 두었다. 집안일을 할 때, 통원 치료를 위해 이동하는 버스에서 반복해서 듣기도 했다. 여러 번 듣다 보니 해당 개념을 설명하는 강사의 목소리가 머리에 박혔다. 실제 시험에서 어떤 개념을 서술하는 문제가 나왔는데, 마치 그 강사가 나에게 귓속말을 해주는 것처럼 생생하게 들렸다. 반복해서 들으며 공부를 했던 까닭이라고 생각했다.

강의는 공부에 필요한 내용을 인풋(input) 하는 가장 기초적인 방법이다. 이 과정에서 공부에 대한 기초 작업을 튼튼히 한다고 생각하고 집중해보자. 강의를 듣는 것을 목표로만 하지 말고, 이 강의를 어떻게 하면 150% 활용해서 내 것으로 만들 수 있을지 생각해보길 바란다.

취미독서 말고 합격독서

'아… 여러 번 봐도 왜 이렇게 이해가 안 되지?'

나는 취미로 수백 권의 책을 읽고 서평을 썼기에 읽기 하나는 자신 있었다. 그런데 수험서를 읽는다는 것은 취미 독서와는 완전히 다른 차원의 문제였다. 조금 어려운 개념을 설명하는 부분을 만나면 한두 번 읽어서는 잘 이해가 되지 않았다.

임용 고시 공부를 하면서 나의 읽기 자신감이 단번에 무너졌다. 어려운 개념 설명이 나오면 그 문단을 몇 번 반복해서 읽어야 겨우 감이 생겼다. 무턱대고 읽으니 당연히 효율이 오르지 않고 시간만 낭비하기도 했다. 눈으로는 읽고 있으나 머릿속에 전혀 들어오지 않는 시간이 많았다. 취미로 했던 독서법은 통하지 않았다.

읽기가 중요한 이유는 대부분 모든 정보를 활자를 통해 얻기 때문이다. 그렇다 보니 책을 읽고 그 내용을 내 것으로 만드는 독서 기술이 정말 중요하다. 시험에 효과적인 독서법을 익히고 연습한다면 공부 시간을 엄청나게 단축할 수 있다. 늘 시간이 부족한 나에게는 무엇보다 합격을 위한 독서법을 익히는 것이 1순위였다.

보통 강의를 듣고, 이론서를 읽고 기출문제를 보는 순서로 공부한다. 나 또한 처음에는 그 순서로 공부했다. 하지만 생각보다 효율이 높지 않았다. 아이 키우며 없는 시간 쪼개서 책을 보는데, 이론서를 읽는 시간이 너무 길었다. 이대로는 안 되겠다는 생각이 들었다. 도서관에서 공부법에 관한 책을 읽으며 시험에 대비하는 책 읽기는 어떤 방법이 있는지 정보를 수집했고 합격을 위한 나만의 독서법을 완성했다.

최규호 저자의 〈불합격을 피하는 법〉, 샤토 야마토 저자의 〈정답부터 보는 꼼수 공부법〉, 야마구치 마유 저자의 〈7번 읽기 공부법〉. 이 세 권의 책이 많은 도움이 되었다.

세 권의 책에서 공통으로 이야기하는 합격독서법에는 몇 가지 전제해야 할 사항이 있다. 첫째는 책의 모든 부분이 중요한 건 아니라는 사실이다. 한 단원에도 시험에 자주 등장하는 단골 부분이 있다. 그 부분은 핵심 내용이니 독서를 할 때 좀 더 집중해서 보아야 한다. 책의 전체 내용을 같은 강도로 읽는다는 것은 매우 비효율적인 방법이다. 강약을 조절

할 수 있는 안목을 길러 책을 읽는다면 공부 시간을 훨씬 단축할 수 있다. 내용의 강약은 기출 문제를 통해 파악할 수 있다.

두 번째는 교재를 1번 읽었다고 해서 그 내용을 100% 이해하는 것은 불가능하다는 것이다. 그래서 반복해서 읽는 과정이 필요하다. 〈7번 읽기 공부법〉에 나온 것처럼 처음 1~2회 독은 책의 목차 수준, 개념 이름 등을 파악하는 등의 과정만 가져가도 좋다고 생각하며 가볍게 읽어나간다. 마음의 부담이 없어야 공부를 지속할 수 있다.

세 번째는 처음 1회 독이 가장 힘들다는 것이다. 실제 공부를 해 보면 알겠지만 처음 1회 독을 하기까지가 심리적으로 가장 힘들었고, 실제 많은 시간과 노력이 들었다. 중간에 포기하고 싶은 마음이 들기도 한다. 하지만 그 한계를 어떻게 해서든지 잘 넘겨야 한다. 그 기간이 힘들다는 것을 알고 공부 중간에 자신에게 보상을 주는 방법도 좋다. 채찍과 당근을 적절히 섞어가며 끝까지 '완독'하게 되면 말할 수 없는 성취감이 느껴질 것이다. 그 힘이 정말 크다.

네 번째는 힘을 빼고 읽어야 잘 흡수된다는 것이다. 본격적으로 교재 정독을 하려고 하면 큰마음 먹고 시작한 탓에 온몸에 힘이 들어간다. 심지어 눈까지 피곤해진다. 그렇게 몇 시간 또는 몇 달을 계속하다 보면 몸은 지치는데 머릿속에 남아 있는 것은 별로 없다. 책을 읽을 때 최대한 몸에 힘을 빼고 편안한 마음으로 읽어나가길 바란다.

교재 읽기에 대한 기본 전제 사항을 숙지했다면 이제 본격적으로 교재를 정독해야 한다. 먼저 책을 구매한다. 강의에 필요한 기본이론서와 함께 기출문제집을 고른다. 임용 고시의 경우 답이 공개되는 시험이 아니므로 강사가 내놓은 기출문제집에 의지해서 공부하게 된다. 그러니 여건이 된다면 큰 서점에 가서 다양한 기출문제집을 직접 비교해 보고 자신과 궁합이 맞는 기출문제집을 골라야 한다. 그것은 이론서도 마찬가지다.

기출문제집은 영역과 연도별로 구성된 두 종류가 있다. 어떤 사람은 연도별 기출문제집을 선호하기도 하고 어떤 사람은 영역별 기출문제집을 선호하기도 한다. 처음 공부할 때는 공부하는 영역에 따라 나뉘어 있는 기출문제집이 공부하기 편하다. 대부분의 이론서가 영역별로 나뉘어 있고 그것을 기반으로 강의가 이루어지기 때문이다.

기본이론서와 기출문제집이 준비되었다면 이제 공부를 시작해도 좋다. 전체적인 공부 계획을 짠다. 내 전공의 경우 보통 2개월 과정으로 이론서의 개념 설명이 끝났다. 그럼 나는 대략적인 계획을 세울 때 조금 더 여유를 두고 계획을 세웠다. 3개월 동안 이론서 1회 독을 하자는 식이다. 대략적인 계획을 세워두면 하루나 일주일에 들어야 할 강의 수와 정독해야 할 교재의 분량이 나온다.

가장 먼저 강의를 듣기 전 그날 수강할 범위의 교재 내용을 훑어본다. 책의 소제목까지 보기도 하고 눈에 들어오는 개념들이 무엇인지 살핀다. 예습은 못 하더라도 이 과정은 꼭 거쳤다. 그리고 강의를 수강하고, 교재를 읽는다. 그래야 강의를 통해 공부했던 내용이 교재를 읽으며 좀 더 명확하게 남게 되기 때문이다.

강의를 듣고 나면 반드시 교재를 읽어야 한다. 강의를 듣고 나면 흔하게 하는 착각이 내가 그 내용을 다 이해했다고 생각하는 것이다. 그래서 교재 읽기를 소홀히 하고 아예 읽지 않기도 한다. 하지만 며칠만 지나면 머리가 백지가 된다. 강의는 휘발성이 강하기 때문이다. 따라서 강의를 듣고 난 후에는 반드시 교재를 읽고 내가 이해한 내용이 무엇인지 되짚어보는 과정을 거쳐야 한다. 그래야 머릿속에 오래 남는다. 처음 공부를 할 때는 강의에서 강사가 중요하게 생각한 부분에 힘을 주어 읽고 나머지는 편하게 읽어나갔다. 그리고 바로 마인드맵을 그렸다. 아주 간략하게 그날 배운 목차 순서대로 그려보는 것이다. 그렇게 되면 그날 학습한 내용이 좀 더 오랫동안 기억에 남았다.

그다음은 그날 공부한 내용에 관한 기출문제를 확인해야 한다. 이때 풀지 않고 문제와 답만 읽어보며 중요한 핵심 개념들을 눈에 한 번 익혀두는 작업을 한다.

나는 기출문제집을 이렇게 활용했다. 먼저 기출문제집의 뒤편에 있는 답을 보고 문제 밑에 바로 답을 수기로 적는다. 시간이 조금 걸리긴 하지만, 이 과정을 거쳐두면 문제와 답을 번갈아 보는 데서 오는 번거로움을 줄일 수 있다. 처음부터 문제집에 답을 직접 달아두고 여러 번 반복해서 보는 편이 훨씬 수월하겠다는 생각에 고안한 방법이었다.

이론서와 기출문제를 눈으로 읽었다면, 기출 된 문장이나 개념을 교재에서 찾아 표시하는 작업이 필요하다. 〈불합격을 피하는 방법〉에서 알려준 팁을 활용했다. 그렇게 기출 문장 옆에 동그라미를 그리기 시작하니, 기출 빈도가 많은 것은 동그라미가 여러 번 그려지기도 했다. 이렇게 교재 내용의 강약이 시각적으로 표시가 됐다. 다음에 정독할 때 어느 부분을 좀 더 자세히 공부하고 암기해야 하는지 알려주었다.

책을 읽으면서 중요한 내용이 있는 부분은 포스트잇으로 중간중간 표시해 두면 좋다. 마치 분류 코드를 적어두는 것과 마찬가지다. 책 한 권에도 많은 개념이 등장한다. 나중에 공부할 내용이 나온 부분을 찾아가는 것도 일이다. 중요한 제목 중심으로 포스트잇에 적어 붙여놓으면 그 정보를 활용하는 데도 매우 유용하다. 해당 내용을 찾기 위해 페이지를 넘기는 수고를 덜어주기 때문이다. 효과적인 독서를 위해 포스트잇은 필수다.

뭐든지 처음 한 번이 힘들다. 교재를 읽을 때도 마찬가지다. 1회 독까지 하는데 많은 시간과 노력, 끈기가 필요하다. 하지만 교재를 딱 한 번만 끝까지 읽어보자. 그러고 나면 말할 수 없는 성취감이 들 것이다. 자신만의 합격독서법을 장착하고 시험 준비를 한다면 훨씬 수월하고 편하게 공부할 수 있을 것이다.

암기보다 이해가 먼저다. 마인드맵 공부법

"부분 참여 기술이 어느 부분에 속해 있었지? 교재 어디쯤 있었더라?"

나는 공부를 하다가 내가 어느 부분을 공부하고 있는지 몰라 길을 잃었다. 중간중간 개념을 암기하며 최선을 다해 공부했는데도 말이다. 그런데 이런 일이 하루에도 몇 번씩이나 반복해서 일어나는 것이 문제였다. 공부할 때 자꾸 길을 잃고 헤매는 이유가 뭘까? 곰곰이 생각해보니 내 머릿속에는 공부 내용에 대한 안내도가 없었다. 당일 공부한 내용만 암기하는 데 급급했다. 하나하나의 개념에만 치중한 나머지 길을 잃고 헤맸다. 머릿속에 목차가 그려진 것도 아니었고, 옆에 두고 볼 목차 비슷한 것도 없었다. 매번 다시 몇 페이지를 앞으로 넘겨 가며 확인하는 과정을 거쳤다. 이 작업은 꽤 오랫동안 반복됐다.

나는 내가 단편적으로 공부하고 있다는 결론을 내렸다. 그날 공부한 내용에만 치중했지 전체 숲을 보며 이해하지 못했다. 한 영역에서 나오는 하나의 개념이 거기서 끝나는 게 아니었다. 다른 개념들과 유기적으로 연결되어 있었다. 그 개념이 나오기까지 기존에 있던 문제점을 먼저 이해하는 것도 중요했다. 그러기 위해서는 전체적으로 흐름을 파악하는 틀이 필요했다. 암기보다 이해가 먼저 되어야 했다.

공부는 시간 싸움이다. 시험이 다가올수록 더욱 피부로 와 닿는다. 교재의 페이지를 넘기는 그 시간까지도 아껴야 할 때가 온다. 요약하며 줄여가는 공부를 해야 하는 이유이기도 하다. 나처럼 시간을 쪼개 공부하는 육아 맘에게 공부 시간 확보는 늘 중요한 요소였다. 공부할 범위와 시간을 줄여가는 공부를 해야 하는 수험생에게 교재 내용 전체 흐름을 한눈에 볼 수 있는 무언가가 반드시 있어야 했다.

그러던 차에 전공 카페에서 다운 받아 프린트해 둔 마인드맵이 눈에 들어왔다. 시간이 없어 그것으로 공부를 하려다 포기했었다. 정말 깔끔하게 잘 정리되어 있었지만, 내 머릿속에 잘 들어오지 않아 포기하던 차였다. 그걸 다시 꺼내 들고 생각에 잠겼다. 내가 직접 마인드맵을 만들면 어떨까?

전체 흐름을 파악하고 줄여가는 공부를 하기 위해서는 요약이 필수다. 그래서 사람들은 서브 노트를 만들어 사용한다. 하지만 나는 글씨를 쓰는 것 자체가 너무 힘들었다. 서브 노트를 작성할 엄두가 나지 않았고,

그만한 시간도 없었다. 서브 노트는 생각하지도 못했다. 그때 나의 머리를 스쳐 간 것이 마인드맵이었다. 목차를 기반으로 전체 내용을 한눈에 볼 수 있게 나만의 마인드맵을 만들어야겠다고 생각했다.

마인드맵의 효과는 이미 많이 알려져 있다. 말 그대로 생각의 지도를 키워드 중심으로 그림으로써 정보를 시각화시킬 수 있고, 정보를 유기적으로 연결해 효과적으로 기억할 수 있게 해 준다. 이해는 물론 기억에도 도움을 준다니 안 할 이유가 없었다.

마인드맵을 활용해 공부한 이후 나는 마인드맵 홍보대사가 되었다. 그 많던 교재의 내용이 머릿속에 그대로 요약되어 연상되는 신기한 경험을 했기 때문이다. 영역당 A3 한두 장이면 충분했다. 더는 필요하지 않았다. 진작 사용할 걸 후회도 했다. 그래도 삼수 때 마인드맵을 활용한 건 다행이라는 생각이 들었다.

마인드맵을 활용해서 공부하면 몇 가지 장점이 있다. 첫째는 공부 내용을 요약하는 기술이 생긴다. 마인드맵은 기본적으로 공부 내용을 중요도에 따라 요약하며 작성해야 한다. 교재 내용을 보며 어느 부분이 중요한지 강도를 파악하여 마인드맵에 요약해서 적는다. 처음엔 어려웠지만 하다 보니 요령이 생겼다. 시험에 출제되지 않는 부분은 과감히 삭제하고, 중요한 부분도 키워드 중심으로 핵심만 적어 나갔다.

이렇게 잘 요약한 마인드맵을 활용하면 나중에 공부할 때 시간상으로 엄청난 효율을 얻게 된다. 매번 그 두꺼운 교재를 읽을 수 없다. 마인드맵만 보며 공부 내용을 떠올려보는 데 매우 유용하다. 그래도 뭔가 부족함을 느낄 때는 다시 교재로 돌아가 내용을 확인하면 된다.

두 번째는 공부 내용 전체를 관망하는 눈을 길러준다. 이것은 전체 흐름을 파악하며 내용을 이해하는 데 도움이 된다. 요약된 내용을 바탕으로 내가 스스로 이해하기 쉽게 배치하여 나름의 흐름을 만들기 때문이다. 영역의 전체 내용을 한눈에 볼 수 있으니, 흐름에 맞춰 이해하는 데 많은 도움이 되었다.

마인드맵을 만드는 과정에서 시행착오를 많이 겪었다. 처음에 너무 자세하게 그리기 시작하니 여백이 모자랐다. A3용지 여러 장을 이어 붙여 너덜너덜한 형태가 되기도 했다. 그다음에는 내용을 줄여 목차 형식에 맞춰 그렸다. 그러다 보니 세부 개념들을 확인하기 위해 다시 책을 들춰봐야 하는 일이 잦았다.

최종적으로 만든 마인드맵은 내가 작성하기도 쉽고 이해하기도 쉬울 만큼의 분량으로 나누어 채워나갔다. 그렇게 완성한 마인드맵은 집안 곳곳에 붙여두었다. 지나가면서 한 영역씩 보기도 했는데, 그것이 은근 공부가 되었다.

초반에 '알마인드'라는 컴퓨터 프로그램을 활용해 마인드맵을 그려보기도 했다. 하지만 기계치인 탓에 능숙해지기까지 너무 오랜 시간이 걸렸다. 소제목 하나 수정하는데도 수십 분이 걸리자 중도에 포기했다. 하지만 어떤 사람은 컴퓨터로 마인드맵을 그리는 것이 훨씬 수월한 사람도 있다.

마인드맵을 수기로 작성하든, 컴퓨터로 작성하든 자신이 편한 방법으로 시도해보면 좋을 것 같다. 어쨌든, 자신에게 맞는 방법을 찾는 것이 중요하다.

마인드맵을 그리는 방법은 다양하다. 인터넷으로 마인드맵을 검색해보면 그리는 방식이 참 다양하다는 것을 알 수 있다. 처음부터 자신에게 맞는 방법을 찾는다면 더없이 좋겠지만, 그러기도 쉽지 않다. 그리다 보면 자신의 눈과 머릿속에 잘 기억되는 구조와 색상, 그림이 있다. 자기 자신만의 마인드맵을 그리며 공부하다 보면 공부 효율이 높아질 것이다.

너무 알록달록한 색상을 이용하는 것은 좋지 않다. 본인이 생각하는 최소한의 색상을 이용해 선을 그리거나 하이라이트를 치면 된다. 주요 목차와 작은 목차의 글자 크기와 색상, 큰 가지와 작은 가지의 구분, 원인과 결과의 구분을 위해 사용할 기호 등 나름의 규칙을 정해 그려나가면 된다. 그렇게 고민의 과정을 거쳐 마인드맵을 그리다 보면 차츰 자신의 머릿속에 책 한 권의 내용이 그대로 저장되는 신기한 경험을 하게 될 것이다.

마인드맵을 작성할 때 유의해야 할 점은 작성 시기이다. 처음부터 마인드맵을 그리기 시작하면 중요하지 않은 내용까지 넣을 수 있다. 중요한 개념이 무엇인지 파악되지 않은 상태이기 때문이다. 그래서 내가 추천하는 방법은 책을 2~3회 독하고 기출문제를 통해 중요한 부분을 선별할 수 있는 안목을 기른 후에 작성하는 것이 좋다고 생각한다.

마음가짐 또한 중요하다. 처음부터 완벽하게 작성하려고 하면 안 된다. 내용을 추가할 때 기존 틀이 조금씩 흐트러지거나 지저분하게 되기 마련이다. 이때 개의치 않는 자세가 필요하다. 그렇게 조금씩 수정 보완하는 작업을 거치다 보면 어느 정도 안정되는 시기가 온다. 그때 최종적으로 마인드맵을 다시 작성하면 된다. 그렇게 완성된 마인드맵은 서브노트로도 유용하게 활용할 수 있다. 나의 경우에는 마인드맵이 서브 노트의 역할을 톡톡히 했다. 실제로 시험장에 마인드맵만 들고 갔고 정말 든든했다.

나는 한 영역을 공부하기 전에 그전에 공부했던 영역의 마인드맵을 짧은 시간 눈으로 훑어보았다. 이 과정을 반복하다 보니 전체적인 흐름이 저절로 파악되었고 점점 세부적인 부분이 기억되기 시작했다. 마인드맵 하나로 정리했을 뿐인데 이해와 암기 두 마리 토끼를 잡을 수 있었다.

공부하다 자꾸 미아가 된 듯한 기분이 드는 사람, 단편적인 개념들만 암기하느라 전체 흐름을 놓치고 있는 사람이라면 마인드맵을 그려보길 권한다. 단순 암기를 뛰어넘어 공부 내용을 전체적으로 이해하기 위해서는 마인드맵보다 좋은 것이 없다고 생각한다. 마인드맵이 공부한 내용 이해는 물론 암기까지 책임져 준 좋은 도구였음에 틀림없다.

이해한 것은 말로 풀어라. 녹음기 활용법

예전에 EBS 〈공부의 왕도〉라는 프로그램을 즐겨봤다. 소위 공부를 잘 하는 고등학생들이 자신만의 공부 방법을 소개하는 프로그램이었다. 그 프로그램에 출연한 학생들은 모두 자신만의 공부 전략을 가지고 꾸준히 실천하고 있었다. 좋은 성적을 유지하는 것은 당연했다.

그 프로그램에서 한 학생이 자신이 공부한 내용을 어린 동생에게 설명하며 공부하는 것을 보았다. 설명하며 공부하니 자신이 이해하지 못한 부분이 어디인지 명확히 알 수 있다고 했다. 부족한 부분은 다시 보완하여 설명하니 공부한 내용이 머릿속에 훨씬 오랫동안 남아 있다고 말했다.

최근 홍진표 저자의 〈생각 코딩, 머리를 잘 쓰는 사람들의 비밀〉 책을 읽었다. 책에는 미국 메인주에 있는 행동과학 연구기관 NTL의 학습 효율성 피라미드(The Learning Pyramid)가 소개되어 있었다. 학습 효율성 피라미드는 여러 가지 학습 방법을 효율이 낮은 순서에서 높은 순서로 나열한 것이었다. 그 순서는 다음과 같았다. 강의 듣기, 읽기, 시청각 수업 듣기, 시범 강의 보기, 집단토의, 실제 해보기, 서로 설명하기 순서다. 서로 설명하기 방법은 무려 90%의 학습 효율을 나타냈다. 말로 설명하는 것이 공부에 얼마나 효과적인지 알려주고 있었다. 〈공부의 왕도〉에 나왔던 학생이 동생에게 공부 내용을 설명하며 학습 효율을 높였다는 말은 근거가 있는 공부법이었다.

그러고 보니 내가 강의를 들었던 강사도 같은 말을 했었다.

"여러분, 제가 이렇게 개념을 모두 외워서 여러분에게 설명하는 게 대단해 보이지요? 그런데 여러분도 제 입장이라면 충분히 하실 수 있을 거예요. 사람은 자신이 이해한 것을 다른 사람에게 설명하며 가르쳐줄 때 좀 더 명확히 알 수 있게 되거든요. 제가 설명했는데, 여러분이 이해하기 어렵다면 그건 제 잘못일 경우가 커요. 제가 제대로 이해되지 않아 명확하게 설명하지 못했기 때문입니다."

강사는 이렇게 말하고는 우리에게 공부법 하나를 추천했다. 말로 풀어서 누군가에게 설명해 보라는 것이었다. 스터디원에게도 좋고 그게 어렵다면 혼자 중얼거리며 자기 자신에게 설명해도 좋다고 했다.

나는 처음에 남편에게 설명하며 공부했는데, 어쩐지 부담이 되었다.

그래서 아이들에게 내가 이해한 것을 말로 풀어 설명해 보았다. 처음에는 강사의 말대로 나 자신에게 설명하며 녹음을 했다. 그리고 익숙해지면 아이들에게 설명하는 방식이었다.

이해한 것을 혼자 말로 여러 번 설명하다 보면, 그 개념이 머릿속에 쫙 떠오르고 입에 딱 달라붙는 수준에 이른다. 그때 아이들을 활용했다. 내가 알고 있는 것을 아이들에게 설명하는 식이었다. 어려운 전공 용어가 들어가 있는 탓에 6, 7살 아이들이 이해하는 것은 무리였지만, 그 대신 편안하게 아이들에게 설명할 수 있어 좋았다. 아이들과 놀다가 지루해질 때쯤 잠깐 틈을 타 연습을 했다.

"똑순아, 엄마가 오늘 토큰 제도를 공부했는데, 한번 들어볼래?"

"좋아요!"

"토큰 제도는 행동 지원 기법이야. 좋은 행동을 계속하도록 유도하기 위해서 약속을 하고 쿠폰을 주는 것과 같아. 그러려면 어떤 행동이 좋은 행동인지 확실히 하는 것부터 해야겠지? 그리고 그 행동을 하면 약속한 쿠폰이나 스티커를 모으게 하는 거지. 스티커가 어느 정도 모이면 약속한 물건이나 놀이로 바꿀 수 있어. 이게 토큰 제도야."

"그럼, 엄마가 나한테 정리 잘하면 스티커 주잖아요. 그거랑 똑같은 거예요? 저기 포도나무에 스티커 다 붙이면 시크릿쥬쥬 핸드폰 사준다고 했잖아요?"

어쩌다 엄마 말을 이해하고 이렇게 되물어준 날에는 나는 신이 나서 더 주저리주저리 설명했다. 그래도 내가 공부한 내용을 6살 아이가 이해할 수 있게 설명했다는 쾌감이 이루 말할 수 없었기 때문이다.

처음부터 아이들에게 설명한 것은 아니었다. 강의를 듣거나 교재 정독을 하고 난 후에는 그날 가장 중요하게 생각하는 개념 하나를 키워드 중심으로 암기했다. 개념과 그 의미, 실행 단계, 예시, 장단점까지 더해지면 분량이 꽤 됐다. 이해한 개념 한 개를 말로 풀어보는 과정을 거쳤다. 이 방법은 글로 쓸 때보다 시간이 적게 들고 힘을 적게 들여 나에게 잘 맞는 아웃풋(output) 방법이었다.

하지만 내가 맞게 아웃풋을 했는지 확인할 길이 없었다. 글자처럼 시각적으로 남는 게 아니기 때문이었다. 그때 녹음 방법을 생각해냈다. 몇 번 말로 개념 풀이를 해 본 후, 어느 정도 익숙해지면 녹음에 들어갔다. 처음에는 이것도 적응하는 데 많은 시간이 걸렸다. 녹음이 두려웠다. 내가 개념을 명확히 이해하고 있는지 녹음한 것을 들으며 확인하는 데도 용기가 필요했다. 녹음한 것을 들으면 나의 공부 정도가 적나라하게 드러나 심적으로 힘들었다. 처음부터 잘할 수 없는 노릇이라고 쿨하게 인정하고 꿋꿋하게 녹음했었다. 나중에는 만족스럽게 설명한 파일만 남기고 그 전 것은 미련 없이 지워버렸다. 그리고 파일 이름을 '영역-개념명'으로 바꿔 저장했다. 그렇게 저장한 파일은 집안일을 할 때나 잠들기 전에 반복해서 들었다.

음성 녹음을 하는 것이 익숙해진 후에는 이해한 것을 말로 풀면서 질문기법을 활용했더니 훨씬 효과적이었다. 내가 공부한 것을 그냥 녹음한 파일을 다시 들으니 지루하기도 했고, 귀에 잘 들어오지도 않았다. 그래서 녹음 방법을 조금 달리해보았다. 스스로 질문을 하며 녹음을 시작한 것이다.

"토큰 제도가 뭐야?"

"토큰 제도를 활용할 때 유의할 점이 뭐지?"

이런 식으로 질문을 하고 스스로 답하면서 녹음했다. 그랬더니 내가 공부한 내용 중 어떤 부분을 말해야 하는지 명확히 알 수 있었다. 마치 누군가와 대화하는 형식이라 녹음 파일을 들을 때도 재미있었다.

나중에는 녹음한 음성 파일이 넘쳐났다. 그것을 하나하나 찾는 것도 일이었다. 파일 정리의 필요성이 느껴졌다. 컴퓨터에 폴더를 만들어 녹음 파일을 정리했다. 스마트폰에는 색상을 지정하여 파일을 구분할 수 있는 기능이 있었다. 그 기능을 이용해 지적장애 영역은 빨간색, 학습장애 영역은 파란색 등 색으로 구분했다. 그렇게 정리해두니 나중에 파일을 찾을 때도 훨씬 수월했다. 공부하면서 정리력도 조금씩 늘어가는 걸 느낄 수 있었다. 모두 공부의 효율을 높이기 위한 수단이었다.

도서관에서 본 조성일 작가의 〈그냥, 글쓰기〉라는 책 표지에 이런 말이 적혀 있었다.

"'벌써 진달래가 피었구나!'를 소리 내면 말이요, 써놓으면 글이다."

이렇게 말로 풀어쓰는 연습이 잘 되면 글로도 잘 쓸 수 있다는 자신감이 생겼다. 그래서 말로 설명하며 녹음을 할 때 되도록 답안을 쓰는 듯한 문장 구조로 설명해 보기도 했다. 이게 익숙해지면 답안을 쓸 때도 어렵지 않게 쓸 수 있다고 판단했기 때문이다. 말로 풀어쓰는 공부가 결국 답안 작성 공부와 직결된다는 마음으로 했던 것 같다. 실제 시험장에서 답안 작성을 할 때도 큰 어려움 없이 작성했다.

혼자 공부하다 보니 공부하면서 항상 '내가 제대로 이해했나?' 걱정이었다. 그럴 때 가장 빠르고 쉽게 확인하는 방법이 이해한 내용을 말로 풀어보는 것이었다. 나처럼 공부하다가 자신이 공부한 내용을 정확히 이해했는지 확인하고 싶다면 녹음기를 꺼내 녹음해보자. 그 과정에서 자신이 공부한 내용이 좀 더 명확해질 것이다. 부족하다고 느끼는 부분이 있다면 보충하는 기회로 만들 수 있다. 이렇게 하면 자신의 공부가 좀 더 단단해지는 것을 느낄 수 있을 것이다.

최대 효율을 만드는 공부 루틴

'나는 암기를 못 해!'

공부하면서 나 자신에게 늘 했던 말이다. 암기되어야 답을 쓸 수 있는 시험인데, 암기가 어렵다니. 누구는 관련 법을 달달 외웠다고 했고, 누구는 전공에 나오는 개념을 술술 말하며 설명한다고 했다. 나는 그렇게 하지도 못했고 할 수도 없었다. 자신이 없어 시도해보지 않은 것일 수도 있다. 그러다 아이를 보며 마음을 고쳐먹었다.

어느 날 큰아이가 어린이집에서 동화 구연 대회가 있다고 말했다. 원에서 대회를 치르고 수상한 친구들은 시 대회에 참가한다고 했다. 아이가 받아온 동화는 '무지개 물고기'였다. A4용지 한 장에 빼곡히 적혀 있는 글을 보며 나는 한숨을 쉬었다.

"이걸 다 외워서 하는 거야?"

"네. 이걸 다 외워서 하는데, 저는 이제 무지개 물고기가 친구들한테 화내고 떠나는 데까지 했어요."

그 지점을 확인하니, 3분의 1쯤은 외운 듯했다. 아이는 자랑하듯 내 앞에서 외운 내용을 줄줄 말했다.

"와, 잘하네. 근데 산이는 이거 어떻게 외워?"

"맨날 친구들하고 소리 내서 읽어요. 매일 하니까 조금씩 외워졌어요."

"아, 그래? 엄마는 오늘 공부한 내용도 생각 안 나는데. 이제 매일 매일 보면서 외워야겠네."

나는 내가 아이보다 암기 못 하는 사람인가 싶어 마음이 우울했다. '그래, 매일 보면 되겠지만, 공부량이 너무 많단 말이야.' 할 수 없는 핑계를 대면서 속으로 불평을 하고 있었다. 나의 최대 약점인 암기를 어떻게 보완할 것인가는 늘 나의 고민이었다.

하루는 2018 평창동계올림픽 쇼트트랙 경기 영상을 봤다. 여자 1,500m 결승전 경기에서 최민정 선수가 독보적인 경기를 펼치며 금메달을 땄다. 많은 사람이 엄청난 환호를 보냈고 그 기쁨을 함께 누렸다. 나는 그 이후 최민정 선수와 관련된 기사를 하나 보게 됐다.

최민정 선수는 외국 선수와 비교하면 키와 체구가 작은 편이다. 이런 신체적 약점 탓에 상대 선수들과 몸싸움을 하며 파고들기가 어렵다고 한다. 게다가 잘못 파고들었다가는 실격 처리가 되니 여러모로 불리하다고 한다. 이런 불미스러운 상황이 일어나는 것을 막기 위해서 아웃코스로 크게 돈다고 한다. 체력이 더 소모되는 일이지만, 그녀는 그 길을 택했다. 그러면서 그녀가 추가로 선택한 것이 '플러스 스트로크' 기법이었다. 스트로크는 얼음을 한번 미는 행위를 뜻한다.

그녀가 택한 방법이 다른 선수들보다 2~3발 더 부지런히 움직여 아웃코스를 도는 길이라니. 너무 멋졌다. 자신의 약점을 깔끔히 승화시킬 방법, 그 누구도 의심할 수 없는 깨끗한 경기를 보여주기 위해 더 열심히 발을 움직였다고 한다. 그러기 위해 자신의 체력과 스피드를 높인 결과, 독보적인 우승을 할 수 있었다고 한다. 자신의 약점을 보완하기 위해 엄청난 숨은 노력이 있었다니 더 멋져 보였다.

"나보다 더 열심히 한 선수가 있다면 금메달을 가져가도 좋다."

최민정 선수가 인터뷰 때 한 말이다. 그만큼 자신도 최선의 노력을 했고 부끄럽지 않다고 말하고 있었다. 그런 자신감이 부러웠다.

최민정 선수의 아웃코스 질주 전략을 보며, 취약한 암기력을 보완할 나만의 공부 방법을 한 가지 떠올렸다. 큰아이가 준 힌트처럼, 매일 매일 자주 읽는 것이다. 암기가 어렵다면 자주 반복해서 보고 저절로 머릿속에 남게 하는 방법밖에 없었다. 그래서 짧은 시간에 회독 수를 최대로 늘리는 방법을 택했다. 바로 '공부 루틴'을 만드는 것이었다.

공부할 책이 너무 많은 관계로 읽어야 할 교재도 많으니 순서를 미리 정해두는 것이 좋겠다고 생각했다. 매도 먼저 맞는 것이 낫다고 하지 않았던가. 나는 정말 공부하기 어려운 영역을 제일 먼저 하고 난 후 수월한 영역을 공부했다. 하기 싫은 영역을 빨리 끝내고 수월한 영역을 공부하고 싶게 만든 것이다.

나의 공부 과정은 크게 '계획 세우기→인풋(강의 듣기, 교재 정독, 기출문제 보기)→아웃풋(마인드맵 그리기, 말로 풀어 설명하기, 녹음하기)→실전 모의고사'로 짜여 있다. 한 영역을 공부할 때 이 4단계를 모두 끝내려면 다른 영역을 공부하기까지 너무 오랜 시간이 걸린다. 그래서 생각한 루틴은 각 단계를 잘라 다른 영역 공부할 때 중첩해가며 공부하는 것이었다. 그러면서 짧은 시간에 정리한 것을 최대한 반복해서 자주 보기로 했다.

먼저 A 영역의 공부 계획을 세운 후 인풋의 과정을 거친다. 첫 번째로 강의를 듣고 내용을 이해한다. 강의 듣기가 끝나면 당일 공부한 분량까지 정독한다. 강사가 말하는 중요한 부분, 표시해 둔 부분 위주로 대략적인 교재 읽기를 한다. 다음은 기출문제를 눈으로 확인한다. 이미 답을 적어 둔 기출문제집이라 눈으로 슬쩍 한번 본다. 기출문제를 보며 교재의 내용 중 어느 부분이 중요한지 강약을 파악할 수 있다. 그리고 간단히 마인드맵으로 공부한 내용을 정리했다. 일단 그렇게 한 세트를 끝냈다.

이 과정이 끝나면 B 영역으로 넘어간다. B 영역을 시작하기 전 A 영역의 복습을 간단히 시작한다. 교재와 기출문제, 마인드맵을 훑어본다. 그리고 B 영역의 강의를 듣기 시작하면서 앞의 과정을 반복한다. 공부가 어느 정도 궤도에 오르면 자신이 이해한 개념을 말로 풀어서 설명하며 녹음했고, 그즈음 실전 모의고사 문제를 푸는 것으로 공부 루틴을 완성했다.

나는 한 영역을 공부하기 전에는 그전에 공부했던 영역을 반드시 복습하는 과정을 거쳤다. 이때 마인드맵을 활용하니 심리적인 부담도 줄고, 빠르게 복습할 수 있어 좋았다. 영역을 교차로 공부해가면서 이전에 공부한 내용을 잊지 않기 위해 애썼다. 공부 루틴을 촘촘히 짜서 실천하고자 했다. 이런 공부 루틴을 완성함으로써 무한 반복해서 공부하는 시스템을 만들었다. 크게 애쓰지 않아도 짧은 시간에 100번 읽은 효과가 난 것이다.

자투리 시간을 활용하는 것도 매우 유용했다. 하루 나의 시간 활용을 들여다보면 자투리 시간이 얼마나 많은지 금세 알 수 있었다. 도서관에 오고 가는 시간, 양치하는 시간, 아이들을 재우는 시간 등이 그렇다. 정말 많은 시간을 그냥 흘려보내고 있었다. 이런 자투리 시간을 활용해서 매일 공부하는 시간으로 잡았다.

사실 이 방법은 공부의 신이라 불리는 강성태 저자의 책을 보고 아이디어를 얻었다. 〈강성태 66일 공부법〉에서는 공부 습관을 들이는 첫 번째 방법으로 반복되는 일상에 공부법을 붙여서 활용하는 것이다. 책에서 소개한 방법은 이랬다. 아이들이 학교에서 집으로 돌아온 후 가장 먼저 해야 할 공부 습관으로 백지 쓰기를 했다. 그날 공부한 내용을 책상 위에 놓인 백지에 바로 적어보는 것이다. 귀가와 동시에 백지 쓰기 복습을 세트로 활용한 것이다. 반복되는 일상 행동에 공부 전략을 하나씩 세트로 붙여서 하게 되면 어느새 습관이 된다고 했다. 그렇게 되면 지속할 힘이 생긴다는 것이다.

나도 도서관에 오고 가는 시간을 활용해 한 가지씩 공부하기로 했다. 공부할 것 중 청각장애인이 사용하는 수화와 시각장애인이 사용하는 점자를 공부했다. 도서관에 오고 가는 데까지 약 15분가량 소요됐다. 도서관에 가는 시간에는 공부해야 할 수화 동영상을 보았다. 그리고 돌아오는 길에는 점자를 공부했다. 점자를 A4용지 한 장에 프린트하고 반으로 접어 코팅해서 들고 다녔다. 그렇게 매일 하는 일상 행동과 공부를 붙여서 하니 무한복습이 저절로 되었다. 수화와 점자 공부를 위해 따로 시간을 내지 않아도 되었다.

아리스토텔레스는 이렇게 말했다.

"반복적으로 행동하는 게 우리 인간이다. 탁월함은 행동이 아니라 습관이다."

공부도 습관이 되면 탁월함에 이를 수 있다. 이 무한복습법의 핵심은 결국 공부 습관을 들이는 것이었다. 그래서 내 공부가 탁월함의 경지에 이르도록 하는 길이었다고 할 수 있다. 공부 습관을 만들기 위해 공부 루틴을 만들어 보면 어떨까? 무한복습이 당신을 언젠가는 탁월함으로 이끌 것이다.

색깔별 필기구 활용법

'아, 차별강화가 뭐였지?'

공부하다가 그 개념이 정확히 떠오르지 않으면 다시 교재로 돌아가 해당 개념을 찾아보았다. 그런데 그 개념이 어디에 있는지 한참을 찾아야 했다. 또 찾았다 하더라도 그 개념을 명확히 설명했던 문장이 어느 것인지 지면을 모두 읽는 수고로움을 더해야 했다. 문제는 이런 상황이 자주 일어난다는 것이었다.

공부하는 교재가 너무 많은 탓이라고만 생각했다. 시간도 없는데 내가 원하는 정보를 얻으려고 페이지의 전체 내용을 속독하는 것은 은근 시간을 잡아먹었다. 교재를 다시 읽으려고 하면 일단 그 많은 내용 때문에 한숨부터 나왔다. 그런 마음으로 책을 보니 진도가 더디게 나갔다.

그때까지도 나는 형광펜을 대충 사용하고 있었다. 어느 날은 개념 부분에 분홍색을 칠했다가 어느 날은 파란색을 칠하기도 했다. 규칙도 없이 엉망으로 색칠된 교재를 보니 어디가 개념을 설명하는 부분인지 알 수 없었다. 공부하는 데 시간이 걸리는 이유를 알 것 같았다. 눈에 명확히 들어오게 하는 방법이 필요했다.

일단 가장 많이 사용하는 형광펜 사용에 대해 고민했다. 나만의 약속을 정해 색깔별로 표시를 하면 읽는 시간을 줄일 수 있을 것 같았다. 또 다시 책을 펼쳤을 때도 빠르고 정확하게 원하는 정보를 훑을 수 있다고 생각했다. 좀 더 체계적으로 책을 읽기 위해 색깔 사용에 대한 규칙을 정하기로 했다. 내가 사용했던 방법을 소개하고자 한다.

나는 딱 4가지 색을 이용했다. 분홍색, 주황색, 하늘색, 초록색이다. 이때 색이 너무 진하거나 밝은 형광일 경우 눈에 피로를 줄 수 있다. 그래서 문구점에 가서 다양한 형광펜을 직접 칠해본 후 눈에 자극적이지 않은 것으로 골랐다. 그렇게 한가지 필기구 종류를 정해두면 나중에 필기구를 살 때마다 고민하지 않아도 되니 좋았다.

4가지 색을 골랐다면 먼저 어떤 부분에 어떤 색깔로 색칠을 할지 결정해야 한다. 내가 공부한 전공의 경우는 크게 개념, 예시, 장점, 단점, 실행 단계 등으로 구분됐다. 너무 많은 색을 사용할 경우 교재가 너무 알록달록하여 집중을 흐릴 수 있으니 4가지 색으로 규칙을 정해서 사용했다.

먼저 개념과 관련된 부분은 분홍색으로 칠했다. 개념의 명칭에는 분홍색을 넓게 칠했다. 그리고 그 개념을 설명 부분은 분홍색으로 얇게 밑줄 그었다. 분홍색을 넓게 칠한 부분과 얇게 밑줄 그은 부분은 언제나 세트로 공부했다. 분홍 밑줄로 된 부분만 보며 개념 명칭을 떠올리기도 하고, 굵게 칠해진 분홍색 부분을 보며 개념 설명을 떠올려보기도 했다.

개념을 설명한 부분 근처에는 예시들이 많이 나온다. 그 예시들의 키워드는 초록색으로 칠했다. 예시들이 많은 경우 초록색 형광펜으로 그 앞에 번호를 붙이고 초록색으로 칠했다. 초록색 예시 부분은 시험 상황에서 언제든지 문제 상황으로 나올 수 있는 부분이므로 예의 주시해서 봤다. 내가 좋아하는 초록색을 칠함으로써 좀 더 애정을 가지고 예시 부분을 주목해서 봤다.

해당 개념을 현장에 적용할 때 나타나는 장단점도 언제나 뒤따라 나왔다. 장점 부분은 주황색으로, 단점 부분은 하늘색으로 색칠을 했다. 장점은 약간 따뜻한 느낌이 드는 주황이 더 잘 어울린다고 생각했고, 하늘색은 차가운 느낌이 들어 단점 부분에 더 어울리는 것 같아 그렇게 정했다. 색깔 사용에 너무 고민하지 말고 자신의 느낌대로 편하게 사용하면 된다. 다만 한번 자신만의 규칙을 정했으면 그대로 모든 영역에 적용해야 한다. 실행단계는 대부분 표로 만들어져 있어 따로 색을 칠하진 않았다. 단계명과 각 단계의 키워드를 파란색 볼펜으로 동그라미를 쳤다.

처음에는 색깔로 구분하여 교재를 재구조화하는 이 작업이 나중에 학습 효율을 그렇게까지 높여줄 거라고 예상하지 못했다. 교재를 읽을 때

핵심적으로 봐야 할 부분이 어디인지 알 수 있고, 좀 더 강조해서 읽어야 할 지점을 알게 해 주니 교재 읽는 시간이 줄어드는 것은 당연했다. 그 시간이 모이니 나중에는 교재를 한 번 더 볼 수 있는 시간까지 생기게 되었다.

이 색깔 필기법은 마인드맵을 그릴 때도 사용되었다. 영역의 전체 지도를 그릴 때도 해당 개념이 어디에 배치되어 있는지 확실히 구분할 수 있었다. 그래서 그 색깔에 대한 이미지가 머릿속에 각인되어 나중에는 한 장의 그림처럼 떠오르기도 했다.

색깔 필기법은 그것을 사용하는 것이 목적이 아니다. 교재나 공부한 내용을 최대한 효율적으로 보기 위한 수단일 뿐이다. 반듯하게 정성스럽게 색칠하되, 너무 많은 시간을 들여서도 안 된다.

최근 코딩 연수에 참여한 적이 있다. 코딩이 대세이지만, 실제 체험형으로 하는 연수는 처음이었다. 마냥 신기했다. 코딩이란 입력한 명령어에 따라 컴퓨터나 로봇이 그대로 수행할 수 있도록 프로그래밍을 하는 것을 말한다.

내가 색깔 필기구를 사용한 것은 마치 코딩을 하는 것과 같다는 생각을 했다. 색깔이 명령어가 되고, 내가 색깔 명령어에 따라 수행하는 로봇이 된 것 같았다. 분홍색을 만나면 그것은 개념이라고 판단하고, 초록색을 만나면 그 개념을 적용한 예시로 알고 바로 내용을 처리한다. 교재를 읽으며 '이 부분이 개념이었지?' 생각하는 과정을 거치지 않아도 되는 것이다. 그것이 무엇을 의미하는지 판단하는데 에너지를 쏟지 않았다. 마치 코딩 작업을 통해 자동화를 시키는 것과 같다는 생각이 들었다. 줄글로 빽빽한 지면을 색깔로 구분하여 내용을 구조화하고 바로바로 내용을 흡수했다. 생각보다 엄청나게 효율적이었다.

나는 색깔 필기구를 활용한 교재 덕분에 아주 짧은 시간에도 한 영역을 복습할 수 있었다. 아이가 아파서 오랜 시간 간호를 해야 하는 상황이거나, 명절이 되어 긴 시간 책을 볼 수 없을 때 특히 유용했다. 그럴 때는 색깔로 구조화된 책을 단숨에 들춰보며 그 내용을 머릿속에 떠올리기도 했다. 그 과정을 여러 번 반복하니 의외로 공부한 내용이 잘 기억되었다.

만약 중구난방 표시가 되어있었더라면 이렇게 효율적으로 공부할 수 없었을 것이다. 나중에는 다 쓴 형광펜을 모으는 재미에 빠지기도 했다. 이 소소한 전략으로도 공부가 재밌어지고 즐거워질 수 있다니. 많이 사용한 형광펜은 그만큼 교재에서 자주 나오거나 분량이 많다는 걸 의미하기도 했다. 공부한 내용의 대략적인 통계를 내기도 했다.

색깔 필기구 중에서 유용하게 사용한 것이 하나 더 있다. 바로 '암기펜'이다. 암기펜은 형광펜보다 색깔이 진했다. 암기펜은 법, 교육과정 총론과 같이 문장 전체를 통째로 암기해야 하는 과목에 주로 사용했다. 내가 사용한 암기펜은 빨간색과 초록색 2가지 색과 색칠한 것을 지우는 펜도 하나 있었다. 하지만 색깔을 지우는 펜을 사용하면 깨끗이 지워지는 것이 아니라 얼룩이 남게 되어 잘 쓰지 않았다.

암기펜은 보색의 플라스틱판과 함께 사용한다. 만약 암기해야 할 단어나 문구에 빨간색 펜으로 색칠했다면, 그 부분에 청록색 플라스틱판을 가져다 대고 보면 색칠한 부분이 검은색으로 보인다. 그래서 그 부분에 들어갈 말을 암기하면서 전체 문장을 다시 기억해내는 데 활용했다. 나중에는 마인드맵을 공부할 때도 암기펜으로 색칠해가면 최종 확인 작업을 했었다. 암기할 때 유용하게 사용한 암기펜! 공부하는 주변 사람들에게 강력 추천했다.

내가 사용한 색깔 필기구 활용법은 나의 공부를 좀 더 빠르고 정확히 하는 데 도움을 준 좋은 하나의 장치였다. 합격을 위한 나만의 공부 전략들이 하나씩 쌓이면서 나의 공부는 합격에 더 가까워짐을 느낄 수 있었다.

자신만의 공부법을 완성하며 실천해 가는 일. 이 과정들이 모여 시험에서 최종 병기와 같은 역할을 할 것이다. 나의 특화된 공부 전략을 하나씩 완성해 보길 추천한다.

답안 작성은 요령이다. 유형별 답안 작성 방법

"최종 합격자 명단에 없습니다."

이토록 뼈를 때리는 듯한 마음 아픈 문구가 또 있을까. 이 문장을 보는 순간, 정말 아무 생각도 나지 않았다. 재수 시절 1차 시험을 겨우 합격하고 2차 시험을 치렀다. 하지만 결과는 불합격이었다. 힘도 빠지고 한동안 아무것도 할 수 없었다. 무기력한 날들이 계속되었다.

삼수를 하기로 결정했다. 그리고 실패의 원인 분석을 했다. 최종합격이 어려운 이유가 높지 않은 1차 시험 점수라는 것을 알았다. 1차 점수를 높이기 위해 나의 약점을 정확히 알아야 했다. 수없이 채점하며 너덜너덜해진 시험지를 다시 꺼내 들고 문제들을 차근차근 보기 시작했다. 내가 적었던 답안을 복기하고 가답안과 비교해 보았다. 기억을 더듬어 시험 당일에 써냈던 문장들을 적어 내려갔다.

그리고 얼마 지나지 않아 점수가 오르지 않았던 이유를 알 수 있었다. 답안을 엉망으로 작성했기 때문이었다. 답안이 명확하지 않았다. 여러 명의 채점자가 보아도 일말의 의심의 여지도 없이 깔끔하게 답안 작성을 해야 했다. 답안 작성의 중요성을 깨닫게 해 준 사건이 하나 더 있었다.

6살이 된 큰아이가 한자에 관심을 보이기 시작했다. 어린이집에서 예절 수업 시간에 한자를 한 자씩 알려주기 시작하면서부터였다. 한자에 흥미를 보이기 시작하더니 7살이 되어서는 도서관에서 한자 학습만화를 자주 대여해서 보았다. 그러다 내가 아이에게 이런 제안을 했다.

"산아, 한자 재밌어?"

"네, 재밌어요. 오늘 '뫼 산'자를 배웠는데, 그게 진짜 산 모양을 그대로 한자로 만든 거래요. 그런 얘기를 들으니까 한자가 더 재밌어요."

"그래? 산이가 그동안 한자를 많이 배워서 아는 것도 많은 것 같아서 말이야. 한자 급수 시험이 있는데, 한 번 봐볼까?"

"좋아요!"

아이는 흔쾌히 승낙했고 마침 접수 기간이라 바로 접수를 할 수 있었다. 아이는 8급 한자 50자를 거의 다 알고 있었기 때문에 따로 공부를 시키지는 않았다. 괜한 스트레스를 주고 싶지 않았기 때문이다. 시험 일주일 전에는 기출 문제 3회치를 뽑아 함께 보며 이런 유형으로 나온다고 알려주었다. 아이는 곧잘 풀어나갔다. 시험 전날 나는 답안지도 뽑아 주며 여기에 작성해보자고 했다. 이름과 수험번호를 적어 넣는 방법을 알려주었다. 그리고 문제지에 풀어둔 답을 답안지에 옮겨 적는 연습을 했다. 그런데 문제가 생겼다. 아이가 답안지에 답 옮겨 적는 것을 어려워하는 것이었다. 문제지를 쪽수에 맞춰 차례대로 넘기고 답안지에서 해당 번호를 찾아 그 빈칸 안에 답을 적어 넣어야 하는 과정이 복잡하게 느껴졌나 보다. 문제와 답안지 번호를 확인하고 해당 빈칸에 답을 적는 것이 복병이었다. 문제지와 답안지가 여러 장이었기 때문에 7살 아이가 그것을 번갈아 가며 보는 것은 어려웠다. 진작에 답안지 작성 방법을 알려줬어야 했나 괜한 후회만 밀려왔다. 답안 작성은 2번 정도 대충 연습하고 말았다. 그렇게 시험장에 갔다.

그리고 며칠 뒤, 시험 점수 발표날이 다가왔다. 아이는 50점 이하의 점수를 받았다. 분명 아이는 문제가 쉬웠다고 했다. 세부 점수를 확인하니, 아이가 첫 장까지는 답안 작성을 잘한 듯 보였다. 다음 장부터 점수가 대체로 낮았다. 답안 작성 연습을 안 한 탓에 아이의 실력에 맞는 점수를 얻지 못하고 끝이 났다.

아쉬운 건 나뿐만이 아니었다. 무엇보다 한자에 흥미를 느끼고 재미있게 공부하던 아이에게 괜한 상처를 줬나 조심스러웠다. 아이도 꽤 충격을 받은 모양이었다. 그 뒤로 한자책은 거들떠보지도 않았다.

그러다 며칠이 지나고 난 뒤 산이는 다시 한자책을 보기 시작했다. 다시 재미가 붙었는지 나에게 책을 들이밀며 이 한자 생긴 게 너무 재밌지 않냐며 농담도 했다. 그러다 산이가 조심스레 나에게 먼저 물었다.

"엄마, 한자 시험 또 볼 수 있어요?"

"그럼, 산이가 보고 싶으면 시험 볼 수 있지."

"그럼 나 다시 보고 싶어요."

"그래?"

아이의 제안은 뜻밖이었다. 아마 오기가 생긴 것 같았다. 그렇게 다시 접수를 하고 우린 시험 일주인 전에 하루 한 번씩 답안 작성 연습을 했다. 문제지를 넘겨서 두 번째 쪽을 펼치는 방법, 그리고 두 번째 장의 번호를 확인하고 답안지에서 같은 번호를 찾는 방법, 그리고 거기서부터 답을 작성하는 방법을 구체적으로 연습했다. 아이가 힘들어할까 봐 하루에 한 번 그렇게 연습하고 말았다.

아이의 두 번째 한자 급수 시험이 있던 날, 아이의 표정은 비장했다. 나이가 어린 아이들은 엄마, 아빠도 접수해서 아이와 함께 시험을 보는 사람들도 많았다. 아이에게 엄마도 같이 접수해서 볼까 물었더니 혼자 할 수 있겠다고 했다. 아이를 믿기로 했다. 그렇게 아이 혼자 두 번째 시험을 치르고 나왔다.

며칠 뒤 결과 발표가 난 날, 아이와 함께 컴퓨터로 점수를 확인했다. 그리고 깜짝 놀랐다. 아이가 100점을 맞은 것이다. 분명 첫 번째 시험

때도 아이는 8급 한자 50자를 모두를 알고 있었다. 하지만 지금의 점수를 받지는 못했다. 달라진 게 있다면 답안 작성 방법을 익힌 것뿐이었다.

아이의 한자 시험을 통해서 시험 합격의 요인을 찾았다. 바로 답안 작성이었다. 그때가 무더운 8월이었다. 임용 시험이 있는 11월까지는 아직 시간이 남아 있었다. 더 늦지 않게 깨달은 것에 감사했다. 아직 나에게는 3개월이라는 시간이 남아 있었기 때문이다.

임용고시는 서답형 문항으로 이루어졌다. 답안 작성 기술이 필요한 문항을 구체적으로 나누면 논술형, 서술형, 기입형이다. 기입형은 문제에서 묻는 개념을 단답형으로 적으면 되기 때문에 개념의 용어를 정확히 암기하고 작성하면 된다.

논술형은 글의 논리적 체계에 따라 서론, 본론, 결론의 형태의 구조로 글을 써야 한다. 글자 수가 정해진 경우라면 반드시 하나의 논점에 몇 자 정도 배분하여 쓸지 분량을 정해서 작성하는 연습을 해야 한다. 하나의 주장에는 한 가지 이상의 근거를 반드시 들어야 하므로 제시된 본문에서 최대한 힌트를 찾아내어 근거를 마련해야 한다. 논술은 보통 하단에 채점 기준이 나와 있으므로 그 항목에 따라 쓸 글을 구조화한 다음 세부적인 내용에 살을 붙여야 한다. 이때도 시간 배분은 중요하다. 글의 논지를 확인하고 논술할 전체적인 개요를 작성하는데 15분에서 20분 정도 소요된다. 그 이상 시간을 들이면 답안지에 글 전체를 작성하지 못하는 사태가 벌어지기도 한다.

서술형은 문제에서 요구하는 사항을 문장으로 완성해야 한다. 구체적으로 나누자면 개념을 묻는 것과 원인을 찾는 것, 틀린 것을 바르게 고치는 것 이렇게 3가지 유형의 문제가 나온다. 먼저 개념을 서술하는 경우는 핵심 키워드가 꼭 들어가게 서술해야 한다. 평소 교재로 공부를 할 때 키워드가 무엇인지 명확히 하고 공부하는 습관이 도움이 된다.

두 번째로 문제의 원인 또는 이유를 찾으라는 문항은 문제 상황과 연계하여 답을 적되, 상황에 연계된 해당 개념을 언급하며 간결하고 명확한 문장을 적어야 한다. 세 번째로 틀린 것을 바르게 지적하는 문제는 지문이 왜 틀렸는지를 명시하고, 해당 개념을 명확하게 서술하여 바르게 고쳐서 작성해야 한다.

답안 작성이 중요한 이유는 답안지에 적힌 답을 보고 채점이 이루어지기 때문이다. 공부량이 많다고 해도 답안 작성을 엉망으로 하면 좋은 점수를 기대하기 어렵다. 시험에서 좋은 점수를 얻기 위해 유형별 답안 작성 방법을 연습하는 것은 선택이 아닌 필수다.

실전 모의고사 활용법

“시험 종료 10분 전입니다.”

“시험 종료 5분 전입니다.”

매해 임용고시 시험을 치르면서 시험장에서 듣는 가장 두려운 말이었다. 시험 종료를 알려주는 감독관의 멘트가 정말 심장을 쫄깃하게 만들었다. 안 그래도 떨려서 손에 땀이 흥건하던 참인데, 이제 건잡을 수가 없을 지경에 이르렀다. 손에서 볼펜이 자꾸 미끄러지고, 악필인 글씨는 형체를 알아볼 수 없게 됐다.

“시험이 종료되었습니다.”

빈칸이 많이 남아 있지만 이젠 더 적을 수 없었다. 자칫 부정행위로 걸려 다음 시험을 치를 수 없게 되면 큰일이기 때문이다. 덜덜 떨리는 손으로 시험지와 답안지를 제출하고 나면 참 허무했다. 공부를 열심히 한다고 했는데도 시험 시간은 여전히 부족했고, 답안은 허술하기 짝이 없었다. 아예 무엇을 묻는지 알지 못하는 문제는 깔끔히 포기했다. 그래도 공부한 것이 있으니 기대하는 부분이 없진 않았다.

재수하면서 그래도 초수 때보다는 좋은 점수가 나올 것이라고 기대했다. 나름의 기대를 품고 2차 시험 준비를 하기 위해 정보를 수집하고 있었다. 그렇게 한 달이 지나 1차 점수가 발표됐다. 결과는 처참했다. 합격이긴 했지만 컷트라인에서 겨우 0.33점 높은 점수였기 때문이다. 1차 시험으로 1.5배수의 합격자를 뽑는 시험이었다. 1차 점수로 보자면 나는 1배수 안에 드는 건 어림없는 점수였고, 1.5배수 저 끄트머리로 간당간당하게 붙은 것이었다. 가채점을 하고 난 후 최소 5점은 높을 것이라고 기대하고 있었는데, 뒤통수를 제대로 맞은 기분이었다. 그렇게 나의 기대는 산산이 무너졌고, 컷 점수에서 0.33 높은 점수로는 절대 뒤집을 수 없다는 마음이 들었다. 순간 눈물이 났다. 아이들과 남편에 대한 미안한 마음이 앞섰다. 다시 1년 더 공부해야 할 것을 예상했기 때문이다. 그나마 다행인 것은 2차 시험을 경험해 볼 수 있다는 것 하나였다.

초수와 재수의 시간을 보내고 삼수를 하기로 마음을 먹은 후 가장 먼저 한 일은 실패 요인 분석이었다. 나의 공부법이 어디에서부터 잘못되었는지, 무엇을 수정하고 보완해야 할지 파악하고 다시 공부를 시작해야 했다. 가장 먼저 떠오는 것은 시험 시간이 항상 부족했다는 것이었다.

내 시험의 경우, 1교시 논술은 1,200자로 60분의 시간이 주어지고, 2, 3교시는 크게 8문제로 이루어졌고 70분의 시간이 주어졌다. 8문제지만 그 안에 3~4개의 소문항이 있어 그 문제를 푸는데 매우 오랜 시간이 걸린다.

나는 1교시 논술 시험에서는 시간이 그렇게 부족하진 않았다. 문제는 점수 배점이 큰 2교시, 3교시 시험이었다. 항상 발등에 불이 떨어진 듯 정신없이 문제를 풀고 답을 적어냈다. 시간 배분하는 방법도 몰랐고, 모르는 문제가 나왔을 때 대처하는 방법도 몰랐다. 모르는 문제를 붙들고 낑낑대며 시간을 허비하기도 했으니 말이다. 나는 실제 시험 상황을 고려하여 답안을 작성해보는 연습을 하지 않았다는 것을 깨달았다.

시험을 위한 공부를 시작할 때 가장 먼저 고려해야 할 것이 시험 당일의 상황이다. 몇 교시로 이루어졌고, 그 안에 어떤 유형의 문제를 풀어야 하는지 알고 있어야 한다. 그리고 교시마다 주어지는 시간도 파악해 두어야 시간 배분을 하며 문제를 풀어나갈 수 있다. 사실 시험 당일 상황을 생각하면 나의 공부 방법과 방향 등이 나온다고 생각한다. 하지만 재수 때까지 그 과정을 거치지 않고 무턱대고 공부했으니, 전략이 없었다는 것이 맞았다.

시험 시간을 고려하여 자신만의 전략을 짜고 시험에 임해야 한다. 공부하면서도 실제 시험을 보는 상황을 모의로 만들고 시험 보는 연습을 하는 것은 중요하다. 실제 시험일의 상황을 가상으로 경험할 수도 있고, 자신의 잘못된 시험 습관을 객관적으로 볼 수 있는 시간이 될 수 있기 때문이다. 그런 의미에서 실전 모의고사 연습을 해보는 것은 중요한 공부 전략 중 하나다. 내가 실전 모의고사를 통해 공부한 방법을 공유하고자 한다.

모의고사를 치르기 위해 준비해 두어야 할 것이 있다. 바로 시험 답안지다. 시중에 각 임용 고시 시험 과목에 따라 실제 답안지와 똑같은 형태의 OMR 답안지를 판매한다. 모의고사는 실제 시험처럼 치르는 연습을 하는 것이기 때문에 답안지를 미리 구매해두고 연습하는 것이 좋다. 나도 논술과 2, 3교시에 사용하는 답안지를 50매씩 구매해서 두고두고 사용했다. 실제 시험을 보는 것 같은 느낌이 들어 좋았다. 답안을 쓰다가 고치는 일이 있더라도 실제 시험 상황이라고 가정하고 최대한 깔끔하게 수정해보는 연습을 할 수 있었다. 답안지를 구매해서 실전 모의고사 연습을 하는 것을 강력 추천한다.

실전 모의고사를 활용하기 위해서는 모의고사를 치를 시간을 따로 비워두어야 한다. 그리고 실제 시험을 보는 상황과 유사하게 만들어 시험을 보는 것이 좋겠다. 나는 하반기에 들어가면서 실전 모의고사 문제를 구해 도서관에서 시간을 맞춰 시험지를 풀었다. 일주일에 하루는 모의고사 날이라고 생각하고 문제를 풀고 답안을 확인했다. 아이들을 등원시키고 도서관으로 가면 10시쯤 되었다. 그리고 아이들이 오기 전까지 5시간 동안 모의고사를 풀고, 답안을 맞춰보는 것까지 했다. 그러면 하루가 다 갔다.

모의고사를 풀다 내가 잘 알지 못했던 새로운 개념이 나오면 마인드맵에 추가해서 기록해두었다. 그리고 내가 작성한 답안이 실제 답과 비교해서 많이 부족할 경우 틀렸다고 채점을 했다. 그리고 좀 더 완벽한 답안이 되도록 키워드를 확인하고 문장 구조를 분석해 다시 작성해보는 시간을 가졌다. 이 과정을 거치면서 실제 시험일의 감각을 익히려고 했다.

모르는 문제가 나왔을 때 대처하는 방법도 반드시 익혀둬야 한다. 나는 모르는 문제가 나왔을 때는 바로 다음 문제로 넘어가려고 했다. 그래야 아는 문제에서 확실히 득점할 수 있기 때문이다. 모르는 문제는 빨간색 볼펜으로 크게 별표를 했다. 그렇게 해둬야 점검하는 과정에서 눈에 띄어 다시 문제를 확인하고 풀 수 있다. 답안지에는 답 외에 어떤 표시도 할 수 없으므로 문제지에 내가 알 수 있는 나만의 표시를 확실히 해 두는 방법도 마련해야 한다.

실전 모의고사 연습이 두렵다면 일단 기출문제부터 연습해보는 것도 좋은 방법이다. 기출문제는 공부하는 과정에서 여러 번 봐왔기 때문에 익숙해 실제 잘 풀릴 것 같지만, 또 실제 상황이라고 생각하고 답안을 작성해보면 그렇지 않다. 실제 시험 문제가 기출문제를 기반으로 해서 많이 나오기 때문에 기출문제로 모의고사 연습을 해 보는 것도 좋은 방법이다. 이때는 영역이 아닌 실제 시험 형태인 연도별 기출문제집을 활용하는 것이 좋겠다.

실전 모의고사를 연습을 위해 학원에 모의고사 과정을 등록하는 사람도 있고, 나처럼 문제만 구해서 연습하는 사람이 있을 것이다. 모의고사를 치르고 사람들이 괴로워하는 것 중 하나가 점수가 너무 안 나온다는 것이었다. 나는 혼자 공부해서 그런지 실제 그런 스트레스는 덜했던 것 같다. 하지만 학원에 등록해 다니는 사람은 점수와 등수도 함께 알 수 있는 시스템이라 점수 결과를 가지고 괴로워하고 있는 것을 보게 됐다. 하지만 그렇게 괴로워할 일이 아니다. 관점을 바꿔 다행이라고 생각해야 한다. 모의고사는 정말 시험을 대비하기 위해 모의로 연습하는 시험이 아닌가. 이게 실제 시험이 아니라는 사실에 감사하는 마음으로 내용을 보완하면 된다. 그 시간을 통해 시험날 좀 더 완성도 높은 답안을 제출하면 되니 말이다. 이렇게 마인드컨트롤을 하는 것도 실전 모의고사를 통해 얻을 수 있는 효과다.

어떤 일이든 처음부터 완벽하게 해내는 사람은 없다. 처음부터 완벽한 답안을 작성하는 사람도 없다. 연습에 연습을 거듭하여 조금씩 완성도를 높여가면 된다. 그 작은 시작이 모여 결국 성공을 이룰 것이기 때문이다. 모의고사를 통해 시험 상황을 간접 체험하며 계속 연습한다면, 시험 당일 자신의 실력 발휘를 제대로 할 수 있을 것이다.

Part4

인생에 정답은 없어요

해야 할 것 VS 하고 싶은 것

"으앙~"

새벽 4시, 아이의 울음소리에 잠이 깼다. 다시 아이를 재우기 위해 아이를 안고 어르고 달래기 바빴다. 그렇게 밤새 자주 깨는 아이들을 돌보느라 나는 깊은 잠을 자지 못했다. 남편은 내가 잠깐 잠든 사이 출근을 했다. 아침을 먹지 않고 출근하는 남편이라 다행이라는 생각도 들었다.

결혼해서 아이만 낳았을 뿐인데, 내 하루는 '해야 할 일'들로 가득 찼다. 그것만 온전히 해내기도 바빴다. 하루 24시간이 모자랐다. 아이들을 씻기고 먹이는 것부터 청소, 빨래, 밥하기, 설거지만 해도 하루가 금세 지나갔다. 남편 퇴근 시간이 얼마 남지 않았다는 걸 알고는 또다시 저녁 식사 준비에 들어갔다. 전업주부임에도 불구하고 늘 시간이 모자라 쩔쩔맸다. 워킹맘으로 사는 지금도 마찬가지다. 그때나 지금이나 해야 할 일은 줄어들지 않았다.

결혼 전에는 나만 잘 지내면 그만이었지만, 결혼하니 많은 것이 달라졌다. 아내, 엄마, 딸, 며느리 노릇을 하느라 '나'의 존재는 잊혀졌다. 내가 하고 싶은 일은 마음속 깊숙한 곳으로 숨어버렸다. 하고 싶은 게 뭐였지? 아이 키우며 그걸 해낼 수 있을까? 그 상황에서 실천하기는 어렵다고 생각했다. 그러다 나는 나 자신을 잃어버렸고 자존감도 낮아졌다.

'해야 할 일'만 하며 살다 보니 답답했다. '내 인생의 주인공은 나야!'라고 말하면서도 내 마음대로 할 수 있는 게 없다고 생각하니 미칠 것 같았다. 내가 하고 싶은 일을 하면서 살고 싶었다. 그런 생각으로 시작한 것이 책 읽기였다. 장소와 시간을 구애받지 않고 할 수 있는 유일한 것이었다.

첫째 아이가 돌 정도 지나고 나서 도서관을 다니기 시작했다. 하지만 이마저도 사람들의 눈치를 봐야 했다. 아이를 아기 띠로 업고 자료실을 돌아다니다 아기 울음소리가 나면 도망치듯 그곳을 빠져나와야 했기 때문이다.

하루는 아이를 데리고 자료실에서 책을 대출해 아동실에 와서 읽고 있었다. 책만 대출해서 바로 집으로 가기가 너무 아쉽기도 했고, 추운 겨울이라 잠깐 책을 읽으며 몸을 녹일 참이었다. 잠시 책을 읽느라 정신이 팔려있는 사이 아이가 책장 사이를 뛰어다녔다. 깔깔거리는 소리가 들려 아이를 찾으러 갔을 때 아이는 이미 사서에게 주의를 듣고 있었다. 그리고 그 사서는 엄마인 나에게 주의 주는 것도 잊지 않았다.

"어머니, 여기서 아이가 뛰면 다칠 수도 있고, 다른 아이들에게도 방해가 됩니다. 다음에도 이러시면 출입이 제한될 수 있습니다. 주의시켜 주세요."

아이와 나는 주변의 눈치를 살피며 도서관을 얼른 나와버렸다. 읽고 싶은 책 한 권 편히 앉아 읽을 수 있는 곳이 없다니. 어쩐지 서러웠다. 돌아오는 길에 서러움이 복받쳐 눈물이 났다.

아이가 생기고 자의 반 타의 반으로 출입 금지가 된 곳이 하나둘 늘어갔다. 그럴 때마다 내 마음은 위축되었다. 나 자신을 위해 할 수 있는 일이 적어지는 시기. 사소한 것부터 제지를 당하니, 내가 하고 싶은 것을 꿈꾼다는 건 아예 생각지도 못했다. 세상으로 나가는 문을 스스로 닫아버리기 시작했다. 참 우울한 시기였다.

이제는 그렇게 살기 싫었다. 내 모습을 잃어버린 채 살아가는 건 그리 행복하지 않았다. 그러던 와중에 임용 고시에 대한 나의 꿈이 생각났고 공부를 시작했다. 누가 시켜서 공부를 시작한 건 아니었다. 처음에는 내가 하고 싶은 공부를 하면 의욕과 열정이 활활 타오를 줄 알았다. 하지만 아니었다. 공부가 생각보다 만만치 않다며 불평불만을 늘어놓고 있었다. 육아하면서 짬짬이 공부하는 내가 과연 합격할 수 있을지 스스로 의심스러웠기 때문이었다. 스스로에 대한 믿음이 없는 상태에서 공부하니, 흥미가 생기지 않았다. 그때는 나를 온전히 믿어주지 못했다. 용기가 부족했다.

그즈음 우연히 인터넷 서점을 들락거리다 신간을 소개하는 코너에서 윤홍균 작가의 〈자존감 수업〉이라는 책을 봤다. 제목만 봐도 너무 흥분되었다. 지금 나에게 필요한 것이 바로 '자존감'이라는 것을 알아차렸기 때문이다. 책 표지에 적혀 있는 글도 너무 마음에 와닿았다. '하루에 하나, 나를 사랑하게 되는 자존감 회복 훈련'이라니.

책을 구매해 열심히 읽어 내려갔다. 그중 자존감 회복을 위해 버려야 할 마음 습관이라는 부분을 읽고 무릎을 쳤다. 내가 하고 싶은 교사라는 직업을 갖기 위해 공부함에도 힘들었던 이유. 그 답을 찾았다. 바로 무기력 때문이었다.

"원하는 결과가 나오지 않아 실패에 익숙해지는 현상을 '학습된 무기력'이라고 부른다. (중략) 공부를 해도, 안 해도 어차피 망칠 거라는 인식이 그다음 시험을 보기 전에 실망을 예측하는 것이다."

〈자존감 수업〉을 읽으며 내가 학습된 무기력에 빠져있다는 걸 알았다. 하고 싶은 일을 하겠다고 덤벼들었지만, 쉽게 열정이 생기지 않았던 가장 근본적인 원인이었다. 어차피 공부하더라도 실패할 것 같은 예감이

들어 힘이 생기지 않았다. 자존감 회복이 우선이었다.

오랫동안 임용 고시 시험을 수없이 치렀다. 매번 불합격이라는 결과를 받았을 때 나의 무의식 속에는 '이 시험은 내가 합격할 수 없는 시험이구나.'라는 생각이 자리 잡았다. 기간제 교사로 지내면서, 육아하면서 이런 무기력은 조금씩 싹을 틔우기 시작했다. 아이를 키우는 것조차 내 마음대로 되지 않았으니. 무력감이 내 삶을 덮어버린 건 어쩌면 당연했다. 무력감은 점차 자존감마저 갉아먹었다. 자존감이 곧 밑바닥을 드러냈다. 그런 상태에서 하고 싶은 공부만 한다고 될 일이 아니었다. 자존감을 먼저 챙기면서 공부해야 했다.

책 속에서 무기력을 이기는 가장 간단한 방법 하나를 소개하고 있었다. 바로 '무작정 움직이기'였다.

"무기력에서 빠져나오려면 일단 움직여야 한다. 원치 않아도, 재미없어도, 의미 없어도 된다. 밖에 나가 조금이라도 걸어야 하고, 그것도 안 되면 몸부림이라도 쳐야 한다."

무기력을 이기는 손쉬운 방법이 움직이는 것이라고? 일단 시작해보기로 했다. 그래서 공부하기 전에 운동을 하기 시작했다. 운동하면서 차츰 무기력이 사라졌고 공부할 힘을 얻었다. 운동은 의외로 삶의 활력이 되었다. 그렇게 그동안 나를 얽매였던 무기력 앞에서 나는 자유로울 수 있었다. 공부하는 것이 차츰 재미있어졌고, 힘들어도 포기하고 싶지 않았다.

참 단순하게 생각했던 것 같다. 내가 하고 싶은 일을 찾으면 어디에선가 호랑이 기운이 솟고 일이 술술 해결될 줄 알았다. 하지만 그 과정에서 내가 먼저 해야 할 일은 나를 일으켜 세우는 작업이었다. 무기력을 벗어버리고 자존감을 세워나가는 일. 그 일이 선행되어야 했다.

해야 할 일과 하고 싶은 일 사이에서 늘 고민한다. 하고 싶은 일이 있어도 누구는 시간이 없어서, 누구는 용기가 없어서 시작하지 못하고 망설인다. 하지만 그러는 사이 나의 존재는 점점 작아진다.

해야 할 일에 치여 하고 싶은 일을 미루고 있지는 않은가? 아이를 키우고 나면? 돈을 조금 모으고 나면? 서른에 할 일을 마흔에 하겠다, 쉰에 하겠다고 미루지 말고 지금 당장 시작해보는 것은 어떨까? 시작할 용기가 나지 않는다고 하면, 무너진 자존감을 세워가면 될 일이다. 내 마음이 시키는 것을 조금씩 해 나가다 보면 어느새 하고 싶은 일을 능숙히 해내는 자신을 발견할 것이다.

지금 내 앞에 당장 해야 할 일 말고, 내가 하고 싶은 일이 무엇이지 생각하는 시간을 갖길 바란다. 그리고 꿈 목록을 하나씩 써 내려가면 좋겠다. 그 안에서 내가 정말 하고 싶은 일이 분명 있을 것이다. 오늘 그 일을 위해 몸을 움직이기를.

세상에 쓸모없는 경험은 없다

"운전해 보는 건 어때?"

삼수 시절, 여름이었다. 남편이 회사 차를 이용하면서 우리 집 차가 주차장에서 놀고 있는 신세가 되었다. 그때까지 나는 장롱 면허인 탓에 집에 차가 있어도 운전할 생각을 못 했다. 뜨거운 여름 햇살을 맞아가며 두 손 무겁게 장을 봐 오느라 온몸에 땀이 흥건했다. 장보기 힘들다고 불평을 하면서도 운전할 생각을 하지 않고 있었다.

"조금씩 운전해봐~ 아파트 단지만 몇 바퀴 돌아보고 그래. 익숙해지면 동네 한 바퀴 돌고. 그렇게 익숙해지는 거지 뭐."

"지금 공부하기도 바쁜데, 운전은 무슨. 시험 끝나고 해보죠. 뭐."

그렇게 3주가 넘도록 자동차가 그 자리를 지키고 있었다. 끝내 방전이 돼서 서비스를 받기에 이르렀다.

"일주일에 한 번은 운전해줘야 해. 방전 안 되게 딱 한 번씩만 해봐."

차가 크다는 핑계로 운전은 엄두도 못 냈었다. 하지만 남편의 권유로 운전하기로 마음먹었다. 조금씩 시도하기로 했다. 일주일은 하루에 한 번씩 아파트 단지만 10바퀴를 돌았다. 조금 싫증이 나기 시작할 때쯤 반대 방향으로 도는 게 다였다. 그렇게 조금씩 익숙해져 동네를 크게 한 바퀴 돌기도 했다.

'어라? 이게 생각보다 쉽네?'

나중에는 운동하러 갈 때도, 도서관에 갈 때도 차를 끌고 다녔다. 처음에는 운전 시간보다 주차 시간이 더 걸리는 것이 흠이었지만 그것도 차츰 나아졌다. 서툴렀던 운전도 여러 번 반복하며 연습하다 보니 익숙해지고 더 잘하게 되었다. 일단 불안감이 없어졌다.

무슨 일을 하든지 처음은 늘 서툴다. 처음은 어렵고 힘들다. 사소한 습관 하나를 만드는 것도 마찬가지다. 잦은 실패를 경험하고 다시 도전한다. 그러다 어느 한 지점, 고비를 넘기면 마음이 편한 상태가 되고, 능숙해지는 날이 온다. 그 지점에 이르기까지 끊임없이 실패와 도전이 반복될 것이다. 그래도 괜찮다. 자신을 다독이며 실천해 가면 된다.

운전했을 뿐인데, 내 삶이 좀 더 주체적으로 바뀌었다. 차가 없어 망설였던 일들도 이제는 금세 해치웠다. 남편만 바라보며 의지했던 많은 일이 해결되니 마음에 여유가 생기기도 했다. 이 작은 경험은 나를 좀 더 긍정적으로 바라보는 계기가 되었다. 공부하면서도 좀 더 경쾌한 마음으로 임할 수 있었다. 지금은 운전 배울 때가 아니라고 했던 말은 어느새 쏙 들어갔다. 나는 그렇게 운전을 통해서 삶의 자세를 배웠고, 공부의 관점을 달리하는 계기가 되었다.

남편의 끈질긴 권유로 운전을 시작했지만, 결과는 대만족이었다. 내 생활을 내가 주도적으로 해 나갈 수 있다는 사실이 너무 감격스러웠다. 주체적으로 살아간다는 것이 이런 것이라는 걸 몸소 체험했다. 가까운 곳을 이동할 때도 남편에게 의지해야만 했던 시절은 지나갔다. 운전을 담당했던 남편도 조금 편해졌다. 운전이 어느새 쓸모 있는 경험이 되었다.

재수 시절, 2차 시험을 치르고 얻은 결과는 불합격이었다. 너무 괴로웠다. 좋은 기회였는데 붙잡지 못했다는 허탈감도 있었다. 조금만 더 열심히 할 걸 후회도 들었다. 이미 지나간 일이었지만, 다시 이런 기회가 오지 않으면 어쩌나 두려웠다.

허탈한 마음 때문에 아무것도 하지 못하던 시기. 그때 TV에서 테니스 선수인 정현 선수의 경기를 보게 됐다. 호주오픈 테니스 경기 장면이었다. 테니스의 불모지인 우리나라인데, 한국 선수가 세계 무대에서 4강까지 올라갔다니! 그 자체만으로도 참 대단하다고 생각했다. 이미 그의 도전이 이슈가 되어 인터넷 실시간 검색어에 오르고 있던 참이었다. '정현이 누구야?' 생각하면서 클릭했었는데, 그런 엄청난 선수의 이름인 걸 그제야 알았다.

모두가 두 손을 모으며 4강 경기를 고대하고 있었다. 상대는 '테니스 황제' 로저 페더러였다. 내가 알 만큼 그렇게 유명한 선수와 정현 선수가 4강 경기를 치른다니 믿기지 않았다. 그가 경기에서 지더라도 많은 응원을 보내야지 생각하던 참이었다. 하지만 갑작스레 그는 발바닥 부상으로 기권을 선언하며 경기를 마쳤다. 순간 드는 생각이 있었다. '이게 얼마나 좋은 기회인데 부상으로 기권을 해? 나라면 끝까지 도전해보고 포기하겠다!' 하지만 그는 이미 그 전 시합에서부터 발바닥 부상으로 고생해오던 참이었다. 많은 사람이 아쉬워했지만, 그는 그렇지 않은 듯했다. 자기 자신을 누구보다 잘 알고 있었다. 다음 경기를 위해 지금 무리하지 않고 한발 물러섰다. 그리고 정현 선수는 인터뷰에서 이런 말을 했다.

"4강권에 오른 만큼 메이저 대회에서 언젠가는 우승을 할 수 있다는 자신감도 생긴다."

모두가 크게 기대하지 않았던 경기에서 그가 이뤄낸 성과는 대단했고 정말 멋졌다. 그 상황을 실패로 보지 않고 더 나은 미래를 위해 나갈 수 있는 자신감을 얻은 경기였다고 평가했으니 말이다. 그의 마음가짐이 참 멋졌다. 그렇게 긍정적으로 생각하는 선수이기 때문에 그렇게 크게 성장할 수 있었던 것 같다.

2년간 임용 시험공부를 하면서 아쉬운 점수 차이로 불합격을 했었다.

말로만 듣던 소수점 탈락의 주인공이 내가 된 것에 속이 쓰렸다. 하지만 정현 선수를 보며 생각을 조금 고쳐보기로 했다.

공부하고 시험을 치러 받은 점수는 비록 합격에는 미치지 못했다. 실패했지만 나는 합격선 점수에 점점 가까워졌다는 사실에 주목했다. 한 단계, 한 단계씩 밟고 올라가고 있다고 스스로 되뇌었다. 1차 불합격, 2차 불합격의 과정을 겪었으니 이제 최종 합격 단계 하나만 남았다고 생각했다. '최종합격이라는 고지가 눈앞에 있다. 거의 다 왔다.'라는 생각을 하며 자신을 다독였다. 그동안의 공부하며 지낸 시간이 무의미하지 않았다. 정현 선수의 말을 빌리자면, '합격할 수 있다는 자신감'을 얻은 시간이었다.

쓸모없는 경험을 했다며 지난날을 후회하며 사는 일이 종종 있었다. 왜 그런 힘든 일이 나에게 일어날까? 이런 경험은 안 해도 된다고 생각하는 일들이 많았다. 하지만 이제는 마음을 고쳐보기로 했다. 이것은 나에게 일어날 일이 일어난 것이다. 이 일을 통해서 한가지 배워가면 된다. 그리고 같은 실수를 하지 않을 것. 이것만 생각하기로 했다.

그러고 보니 나에게 쓸모없는 경험은 없었다. 아버지의 암 선고가 나를 공부에 매진하게 했다. 서평 활동을 하던 경험이 시험 볼 때 글쓰기 불안을 없애 주었다. 공부하고 불합격한 경험이 있지만, 그 과정에서 합격할 수 있다는 자신감을 얻기도 했다. 시험공부 중 꾸역꾸역 배운 운전이 또 나를 주체적인 사람으로 변화시켜주었다. 임용 고시 실패담 이벤트에 응모하는 과정에서 내 공부의 실패 요인을 분석하는 시간을 가졌었다. 이 모든 경험이 지금의 나를 만들었다.

어떤 일이든 그 안에서 배움을 얻으면 된다고 생각한다. 하다못해 아이의 질문 덕분에 꿈을 이루겠다고 공부를 시작하지 않았던가. 육아 또한 나에게는 커다란 쓸모 있는 경험이 되었다.

김민식 PD가 쓴 〈내 모든 습관은 여행에서 만들어졌다〉라는 책의 꼭지 제목 중 하나가 '인생에 버려지는 시간은 없어요.'이다. 책에서 그는 과거 전국 대리점을 관리하는 외판사원으로 일한 게 여행에서 숙소를 잡는 데 꿀팁을 제공했다고 말했다. 과거 자신의 경험이 앞으로 어떤 형태로든 도움이 된다는 이야기였다. 물건보다 경험에 돈을 쓴다는 저자의 습관 역시 같은 맥락일 것이다. 정말 그의 말처럼 그의 인생에서 버려지는 시간은 없었다.

세상에 쓸모없는 경험은 없다. 쓸모없다고 생각하면 쓸모없게 될 뿐이다. 내가 쌓은 경험들이 또 내 인생에 어느 부분에서 요긴하게 쓰일지 모를 일이다. 오늘도 내가 하는 일이 또 삽질은 아닐까 생각된다면, 생각을 조금 바꿔보는 건 어떨까? 세상에 쓸모없는 경험은 없다고.

어쨌든 인생은 모험

대학생 때 졸업을 한 학기 앞두고 휴학을 한 적이 있다. 미국에 있는 특수교육 기관의 인턴으로 활동하기 위해서였다. 졸업하고 나서 사회에 나가면 이런 기회가 없을 것 같아 내린 결단이었다. 또 한편으로는 임용고시 준비가 너무 하기 싫어 내린 결정이기도 했다. 그 덕분에 4학년 한 학기를 임용 공부 대신 영어 공부에 매진했다. 모험을 시작한 것이다.

미국에서의 생활은 쉽지 않았다. 원어민들의 영어를 도통 알아들을 수 없었다. 나름 비장한 다짐을 하고 왔지만, 언어의 장벽 앞에서 무너졌다. 스텝들과 소통이 되지 않아 나 스스로가 참 답답했다. 안 그래도 내성적인 사람인데 말수가 더 줄어들었다. 하고 싶은 말은 많았지만 내 맘처럼 늘지 않는 영어가 너무 싫었다. 늘 긴장하고 생활한 탓에 그나마 알고 있던 말도 제대로 알아듣지 못했다.

처음에는 괜히 인턴 경험을 쌓는다고 이 고생을 하나 싶어 후회만 가득했었다. 미국에서 1년간의 인턴 생활은 절대 쉽지 않았지만, 그 시간을 포기하지 않고 견뎌낸 나 자신이 대견스러웠다. 스스로 선택한 모험이 잘 마무리되어 감사할 따름이었다.

지금도 종종 그런 생각을 한다. 내가 인턴 생활을 하지 않고 임용 공부를 바로 했었다면 어땠을까? 졸업과 동시에 합격할 수 있었을까?

사토 미쓰로 작가의 〈하느님과의 수다〉라는 책에 이런 글이 있다.

"인간은 눈앞의 현실 말고는 경험할 수 없어. 그런데도 '다른 걸 선택했더라면 좋았을걸.' 하며 눈앞의 상황에 대해 불평하기 시작하지. 이런 식으로 후회하고 있다면 당장 후회를 그만하게. 어차피 당신에게는 그것을 판단할 힘이 없으니까. (중략) 후회란 환상이라네. 자네들은 선택한 것 말고는 경험할 수 없거든. 그것을 나쁘다고 생각하면 나쁜 일로 끝나 버리지. 그 시점에서 경기 끝이야."

그리고 후회에 대처하는 방법을 알려주었다.

"괴로운 일이 닥쳤을 때 그것에 대해 '나쁘다'라고 판단하지 맙시다. 그리고 판단을 뒤로 미루는 주문을 외워 봅시다. 됐어, 이번엔 꼭 잘 될 거야."

나는 다른 길을 가지 않았던 것에 대해 후회하는 일이 잦았다. 매일 선택의 갈림길에서 우린 선택을 하고 행동으로 옮긴다. 그러다 결과가 시원찮다고 느낄 때 후회가 밀려온다. 내가 그때 다른 선택을 했더라면 더 좋았을 텐데. 그런데 이 글을 보며 이것이 얼마나 위험한 생각인지를 알게 되었다.

후회와 걱정이 많은 나에게 남편이 자주 하는 말이 있다.

"후회하고 걱정해서 바뀔 것도 아닌데, 뭘 그리 열심히 후회하니?"

맞는 말이 아닌가. 후회한다고 한들 과거를 돌이킬 수 있는 것도 아니니 말이다.

우리는 매 순간 선택의 갈림길에 서서 어느 한 가지를 결정하고 행동한다. 아침 5시에 일어날지 말지, 커피를 마실지 말지, 책을 읽을지 말지. 한쪽으로 마음을 정하고 행동으로 옮긴다. 이것 자체가 모험이 아닐까?

내가 5시에 일어났더라면, 조금만 일찍 공부를 시작했더라면, 시험을 보지 않았더라면. 늘 후회하지만 생각해보니 부질없는 일이었다. 바뀌지 않을 일에 너무 많은 감정을 소비하고 시간을 허비하는 일은 그만두기로 했다. 그 대신 이렇게 말하는 습관을 들이고 있다.

"됐고. 이번엔 꼭 잘 될 거야."

모험이라는 단어의 의미는 '위험을 무릅쓰고 어떤 일을 함'이라고 한다. 위험할 걸 알지만 도전하는 것. 내 인생에서 또 한 번의 큰 모험은 당연히 임용 고시에 도전한 것이었다. 언제 끝날지 모르는 시험에 도전하겠다는 마음을 먹은 것부터 나에게 모험이었다. 집안일에 소홀해질 수도 있고, 아이들과 남편에게 소홀해질 수도 있는 위험이 있었다. 무엇보다 공부하면서 나 자신이 체력적으로나 심리적으로 위험에 빠질지도 모를 일이었다. 아니, 그 위험함이 예상되어 시도가 늦었다.

내가 세 아이를 키우면서 공부를 하겠다고 했을 때 모두 의심의 눈길을 보냈다. '과연 할 수 있을까? 괜한 시간 낭비만 하는 건 아닐까? 삽질만 계속하겠지.'라는 시선으로 나를 쳐다보았다. 그런 시선들을 뒤로하고 나는 모험을 단행했다. 한 번뿐인 인생, 내가 하고 싶은 걸 꼭 해봐야겠다는 다짐으로 시작한 일이었다. 결국, 모험의 끝에 내가 원하는 결과를 얻어서 다행이었다.

만약 시험에 또 떨어졌다면 어떻게 했을까? 종종 나 자신에게 물어보곤 한다. 아마 포기하지 않고 또 도전했을 것 같다. 모험의 종착지가 눈앞에 있으니 조금 더 열심을 내보고 싶었을 것 같다.

기간제 교사로 일하며, 내 인생이 막막하다고 느낀 어느 겨울날. 홀로 제주도 여행을 다녀온 적이 있다. 올레길도 걷고 평소 가보고 싶었던 관광명소도 둘러보았다. 제주도 여행에서 목표는 단 하나였다. 한라산 등반.

전날까지 폭설이 내려 입산이 통제된 상황이었다. 날씨 예보를 보며 다음날도 통제가 될까 봐 마음을 졸이고 있었다. 여행의 마지막 날이었다. 새벽에 일찍 일어나 검색을 했다. 다행히 그날 입산이 가능하다는 걸 알았다. 동트기 전 이른 시간 버스를 타고 한라산 입구에 도착했다. 미끄러지지 않기 위해 아이젠까지 찼다. 만반의 준비는 끝났다.

그리고 산을 오르기 시작했다. 너무 추운 날씨에 코끝에 얼음이 얼 정도였다. 등산로 양옆으로 가슴 높이까지 쌓인 눈이 너무 신기했다. 눈의 무게를 이기지 못하고 기울어진 나무들을 구경하는 재미도 컸다. 어느 정도 오르다가 이내 한계에 다다랐다. 발을 움직일 수 없을 정도로 힘이 들었다. 남편과 산악회에서 만났지만 아이 낳고 키우느라 산 근처는커녕 운동도 하지 않았던 사람이 갑자기 등산하니 무리가 온 모양이었다. 무거운 발을 옮겨 겨우 진달래밭 대피소에 도착했다. 그렇게 단단히 마음을 먹고, 장비를 갖추고 산에 올랐지만, 등반은 녹록지 않았다.

그곳이 고비의 구간이었다. 저 앞에 백록담이 보였지만 어쩌면 더 갈 수 없겠다는 생각이 들었다. 포기할까? 여기서 되돌아갈까? 마음이 수십 번 왔다 갔다 했다. 거기서 포기하자니 어쩐지 억울할 것 같았다. 그러다 뜨거운 커피 한잔으로 몸을 잠시 녹이고 다시 출발하기로 했다.

저 앞에 백록담까지 오르는 마지막 코스가 남았다. 2.3km. 숨은 턱밑까지 찼고, 몸은 천근만근이었지만 포기하기 싫었다. 백록담에 거의 다다랐을 때 뒤를 돌아 아래쪽을 내려다보았다. 산 밑으로 깔린 구름은 정말 장관이었다. 답답했던 마음이 뻥 뚫리는 듯했다. 끝내 정상에 다다랐을 때 눈물이 줄줄 흘러내렸다. 포기하지 않은 자신을 위로하는 눈물이었다. 풀리지 않은 내 인생이지만, 산은 나를 받아 주었다는 생각도 들었다. 그때 느꼈던 짜릿함은 아직도 잊지 못한다.

인생이 모험이라는 것을 산에 오르며 자주 느낀다. 계속되는 오르막길을 걸으며 인생의 고단함을 느끼기도 하고, 평지에 다다르면 어쩐지 살 만하다는 느낌을 받기로 한다. 잠시 머무르고 싶을 때는 주변의 덩그러니 놓인 바위에 앉아 잠시 쉼을 얻는다. 정상을 찍고 내리막길에 들어서면 해냈다는 성취감과 자신감이 뭉쳐져서 어디선가 새 힘이 솟아오른다. 다시 출발점까지 가는 발걸음이 어쩐지 가볍다. 산을 오르며 인생의 고단함과 기쁨, 단맛과 쓴맛을 느낄 수 있다. 그래서 내가 등산을 좋아하는지도 모르겠다.

인생에 정답은 없다. 자신의 마음이 가는 대로 발걸음을 내디디면 그만이다. 그렇게 걷다 보면 좀 더 명확한 길이 보이기 마련이다. 내 앞에 놓인 갈림길에서 어느 쪽을 택하던 모험을 위한 발걸음을 옮겨야 한다. 그러기 위해서는 행동으로 옮겨야 한다. 움직여야 한다. 어쨌든 인생은 모험이기 때문이다.

엄마 말고 나로 살 권리

"너희는 절대 농사짓지 말고 살아라."

자라면서 어머니에게 자주 듣던 말이다. 얼마 되지도 않는 농사일 때문에 어머니는 늘 고됐고 힘들었다. 농사일로 크게 돈을 벌 수 있는 것이 아니었기에 더 힘드셨던 것 같다.

"이까짓 농사일 돈 보고 하면 절대 못 한다. 우리 식구들 좋은 거 먹일 수 있다는 것에 만족하니까 하지."

고등학생 때 일이다. 가을 수확을 앞두고 큰 태풍이 휩쓸고 지나갔다. 그런 날이면 어머니와 아버지는 늘 분주했다. 논에 벼가 쓰러지기라도 하면 물에 오래 잠기기 전에 얼른 묶어서 세워야 했기 때문이다. 비가 좀 그칠 무렵 어머니는 우비와 장화를 신고 논으로 향하셨다. 아버지는 면 사무소에서 비상 근무를 서기 위해 출근을 하신 상황이었다.

어머니 혼자 보내기가 미안했던 나는 얼른 뒤따라갔다. 쓰러진 벼를 한 아름 모아서 묶어 세우는 작업을 함께 했다. 어머니와 나는 같은 출발선에서 시작했다. 내리는 비를 맞으며 이런저런 이야기도 나누며 벼를 세웠다. 그러다 어느덧 어머니와 나의 거리는 벌어졌다. 허리를 구부려 벼를 세워야 하는 작업이라, 어머니가 어디쯤 있는지도 알 수 없었다.

천둥과 번개는 이따금 쳐댔다. 무서워 집에 들어가자는 내 권유에도 어머니는 동요하지 않으셨다. 빗물을 머금은 벼를 묶으면서 자꾸 뺨과 팔이 쓸렸다. 너무 따갑고 아팠다. 그만하고 싶은 마음이 굴뚝 같았다. 어두컴컴한 밤이 되어서야 집에 돌아왔다. 샤워하고 난 뒤 어머니를 보고 눈물이 터져버렸다. 얼굴과 팔이 벼에 쓸려 상처투성이였다. 연고를 발라 드리면서 그제야 어머니의 말뜻을 알 것 같았다.

"너희는 절대 농사짓지 말고 살아라."

어머니는 그렇게 억척스러운 엄마가 되어있었다. '엄마의 구부정한 허리는 다 농사 때문이야.' 쓰러진 벼를 보며 애꿎은 화풀이도 했다. 어머니도 농사만 짓고 살리라고 생각하진 않으셨으리라.

어머니는 중학교 때 꽤 공부를 잘했다고 하셨다. 가난한 탓에 고등학교 진학은 생각하지도 않았다고 하셨다. 하지만 선생님들의 권유로 광주에 있는 상업고등학교에 입학시험을 치르셨다. 어머니는 당당히 전액 장학금을 받고 입학할 수 있는 순위에 드셨다. 입학금 4만 원만 내면 말이다.

고등학교에 보내 달라고 외할머니께 말씀드렸지만, 돌아온 건 야단이었다고 했다. 외할머니로서는 학교 보낼 돈도 없는데, 딸아이가 괜한 희망을 품고 시험 본 것에 화가 나셨던 모양이다. 그렇게 어머니는 중졸이라는 타이틀을 남겼다.

어머니는 가끔 말씀하셨다. 그때 4만 원을 어디서 빌려서라도 등록했다면, 어떻게 해서든지 학교는 마쳤을 것이라고.

몇 년 전 어머니는 40년 만에 중학교 동창생들을 만나러 간다고 들떠 계셨다. 그리고 동창들을 만나고 돌아오신 어머니는 친구들을 만나고 오셔서 그런지 들뜬 마음을 감추질 못하셨다. 그리고 중학교 친구 이야기 보따리를 풀어 놓으셨다.

"나랑 상고 입학시험을 같이 봤던 친구도 나왔더라. 그 친구는 나보다 뒤 등수였는데, 등록금을 내고 학교에 갔지. 그 친구는 대학도 가고 교사로 살다가 지금 중학교 교장으로 있다더라. 다른 친구도 은행 지점장으로 있다고 하고. 다들 잘 됐지. 나처럼 농사짓고 사는 사람은 몇 안 돼. 나도 고등학교에 다녔으면 뭐라도 했을 텐데…. 너희들은 하고 싶은 거하며 살아라."

말씀을 더 잇지 못하시는 어머니였다. 들뜬 마음은 어느새 후회로 가득한 눈빛으로 변해있었다. 어머니는 자주 이런 말씀을 하셨다.

"내가 공부를 했으면 잘했을 것이다."

아마 잘하셨을 것이다. 주변의 아는 사람의 전화번호는 모두 머릿속에 기억해둔 어머니였다. 늘 연구 대상이었으니 말이다.

어머니는 공부에 대한 미련이 늘 남아 있었다. 결혼하고 아이들 키우느라 공부는 엄두도 못 내셨다. 그러던 어머니가 변하셨다. 공부 한을 풀기 위해 작년부터 펜을 드셨다. 예순이 넘은 나이에 운전면허와 요양보호사 자격시험에 도전하셨다. 농사일하며 학원에 다니시느라 분주한 시간을 보내셨지만 그래도 마음은 즐거우신 모양이었다. 배운 내용을 우리에게 설명하며 잊지 않으려고 노력하시는 모습이 어느 학교 모범생 못지않았다. 그리고 높은 점수로 당당히 합격하셨다. 잘하실 것이라 믿고 있었다. 어머니는 늦었지만, 지금이라도 자신이 하고 싶은 공부를 하게 되어 즐겁다고 말씀하셨다.

김미경 작가의 〈꿈이 있는 아내는 늙지 않는다〉라는 책에 이런 말이 있다.

"'나다운' 엄마로 살아라."

이 말을 보는 순간 이게 답이라는 생각이 들었다. 엄마라는 역할을 아주 완벽히 떼어 버릴 수도 없고 앞으로 몇 년은 육아의 그늘에서 벗어나진 못할 것이다. 아니, 아이가 장성하여 성인이 되어서도 어떤 형태로든 엄마의 역할은 존재한다.

그 긴 시간 동안 엄마의 역할만을 강요받으며 해야 한다면 너무 힘들고 억울할 것 같다. 우리 어머니처럼 뒤늦게 자신이 하고 싶은 일을 찾아 헤맬지도 모른다. 그동안 얼마나 많은 부분을 포기하고 참아왔을까? 나는 그렇게 할 수도 없을 것 같고, 하고 싶지도 않다. 가정에만 묶여 나를 잃어버린 삶을 살고 싶지 않다. 육아 중에도 계속해서 엄마인 '나' 자신에게 관심을 가져야 하는 이유다. 엄마가 아닌 나로 살아갈 이유를 찾을 때 내 삶이 나를 잃지 않는 육아의 시간을 보낼 수 있다.

엄마 말고 나로 살기 위해서 어떻게 해야 할까? 〈꿈이 있는 아내는 늙지 않는다〉에서는 그 방법을 제시하고 있다. '주체적 사유'와 '조율'을 통해서 충분히 가능하다고 했다.

첫째, 주체적 사유. 나는 이 단어를 보며 엄마에게도 '자기 주도'적인 모습이 꼭 필요하다는 걸 알았다. 아이들에게만 자기 주도적인 생활을 강조할 것이 아니라, 지금 엄마인 우리에게도 자기 주도적인 삶이 필요하다. 엄마가 그렇게 살 때 아이 또한 그 모습을 닮는다.

엄마가 처한 현재 상황과 위치, 역할에만 얽매여 수동적인 자세로 살지 않았으면 좋겠다. 우리도 엄마이기 이전에 꿈 많고 하고 싶은 것도 많았던 한 사람이었다는 것을 기억하자. 내가 진정 원하는 것이 무엇인지, 하고 싶은 것이 무엇인지 주체적으로 생각할 수 있는 나만의 시간이 필요하다. 엄마로서 해야 할 일들로 가득한 일과 속에서도 내가 어떤 일을 할 때 즐겁고 행복한지, 앞으로 어떤 가치를 위해 살아가야 할지 주체적으로 사유하는 시간을 가져야 한다. 그래야 '엄마' 아닌 '나'로도 살 수 있다.

정경미 작가의 〈엄마도 퇴근 좀 하겠습니다〉에 이런 말이 있다.

"꼭, 어떤 순간에도, 엄마의 소중한 시간을 지켜나가세요."

엄마와 나 사이에서 나를 지키는 방법에 대해 치열하게 고민했던 정경미 작가. 그녀 또한 엄마의 시간을 지켜냈고, 그 시간을 통해 자신이 진심으로 원하는 일을 찾았다고 한다. 그 결과 작가의 길을 걸을 수 있었다고 말하고 있다. 주체적인 사유를 위한 엄마의 시간을 어떻게든 만들어야 하는 이유이기도 하다.

둘째, 조율. 엄마와 내가 잘 통합되도록 '조율'해야 한다. 그게 쉽지 않은 걸 잘 알고 있다. 수많은 시행착오를 겪을 것이다. 엄마이기 때문에 해야만 하는 무수히 많은 일들 속에서도 나로 우뚝 설 수 있도록 내 삶을 잘 버무려야 한다는 것이다. 항상 우선순위에서 밀렸던 나를 먼저 챙기는 일. 그게 어색하더라도 조금씩 지분을 확보해 나가야 한다. 처음에는 1%의 몫을 챙기는 것도 힘들 것이다. 하지만 첫술에 배부를 수 없다. 엄마만의 시간을 통해 주체적으로 생각하고, 갈 길을 찾고, 또 조금씩 움직이다 보면 엄마 말고 나로 사는 일상의 폭이 넓어지는 것이다.

조율의 단계에서는 엄마 혼자의 힘으로는 부족할 수 있다. 그때는 주변의 이해와 도움을 구해야 한다. 가족들에게 자신의 꿈을 이야기하며 공감대를 형성하는 것이 조율의 첫 번째 단계다. 엄마가 '나'로 살아가기 위해서 시간이 필요할 수도 있고, 돈이 필요할 수도 있다. 필요하다면 남편과 자녀에게 도움을 요청할 수도 있다.

엄마이기 이전에 나로 살아가기 위해 나를 찾아 떠나는 여정이 필요하다. 나의 꿈을 찾기 위한 여정. 엄마 아닌 나의 꿈을 찾길 응원한다.

아이는 엄마의 뒷모습을 보며 커간다

세 아이와 빙 둘러앉아서 소꿉놀이하고 있었다. 막내가 엄마 역할을 했다. 막내가 음식 모양의 장난감을 이리저리 요리하는 시늉을 했다. 이내 한 상 차려내고 딸 역할을 하는 두 딸과 나에게 이렇게 얘기했다.

"어서 와. 저녁 먹자."

그렇게 말하고는 갑자기 책상으로 가더니, 종이와 펜을 들고 끼적거리기 시작했다. 딸 역할을 맡은 내가 막내에게 물었다.

"엄마, 밥 차려 놓고 어디 가신 거예요?"

"엄마 서평 좀 쓰고 갈게."

처음에는 4살 아이의 발음이 좋지 않아 서평이라는 단어를 알아듣지 못했다. 도대체 뭘 한다는 건지 몰라 5번이나 되물은 후에야 그 단어를 알아들을 수 있었다. 순간 웃음이 났다.

그 말은 평소 내가 자주 하는 말 중 하나였다. 아이들과 놀다가 잠깐 시간을 이용해 서평 글을 인터넷에 올리는 것이 나의 유일한 취미였다. 그 모습을 자주 본 막내 아이가 소꿉놀이를 하며 그런 행동을 한 것이었다. 한편으로 무섭다는 생각도 들었다. 어린아이지만 엄마가 하는 말과 행동을 그대로 보고 듣고 있다고 생각하니 말이다. 정말 아이 앞에서는 말과 행동을 삼가야 한다는 것이 맞는 것 같다. 부모는 아이의 거울이라는 말이 떠오른 순간이었다.

아이들은 책을 읽을 때도 독서대를 펴 놓고 읽는 걸 좋아한다. 막내 아이가 태어나서부터 공부를 시작했으니 3년 동안이나 엄마의 책상을 봐왔다. 시험에 합격하기까지 내 책상 위에는 항상 독서대와 책이 놓여 있었다. 그것을 매일 보고 자란 아이들은 책을 읽을 때 독서대가 있어야 한다며 스스로 챙긴다.

아이들이 좋아하는 것 중 하나가 내가 공부하는 책에 응원 메시지를 그려 넣는 것이었다. 딸들은 글자를 읽고 쓸 수 있으니 나름대로 의미 있는 응원 메시지를 적어 주었다. 전공 책 한쪽에 예쁜 공주 그림을 그리고 그 위에 하트까지 그려야 완성이었다. 그리고 한마디 꼭 적었다.

"엄마 합격. 엄마, 힘내세요. 엄마, 사랑해요."

도서관에서 공부하며 책장을 넘기다 아이들이 그린 그림과 삐뚤빼뚤

글자들을 보게 되는 날은 피식 웃기도 했다. 책 속에 숨겨진 보물을 만나는 기분이었다. 그게 또 은근 즐거웠고 힘이 되었다.

처음에는 아이들이 책에 낙서하는 것이 너무 싫었다. 큰 아이들에게는 그릴 거면 빈 곳에 그려 넣으라고 말해두니 약속을 어느 정도 지키는 편이었다. 하지만 막내 아이까지 합세하며 내 책은 너덜너덜해졌다. 막내가 수시로 책상에 어떻게든 기어 올라가 형광펜으로 형형색색 끼적여놓았기 때문이다.

처음에는 화가 났다. 하지만 책상 위에 책을 펼쳐놓은 건 내가 아닌가. 언제든 틈만 나면 책을 보려고 책상을 정리하지 않았었다. 그렇게 귀한 것이라면 아이들 손에 닿지 않은 곳에 두면 되는 일이었는데…. 스스로 반성하고 나서는 아이들에게 크게 뭐라고 하지 않았다.

막내 아이가 끼적이다가 누나들에게 들키기라도 하는 날이면 둘째가 얼른 나에게 일렀다.

"엄마, 사랑이가 엄마 공부하는 책에 막 낙서했어요!"

그러면 막내도 지지 않고 한마디 꼭 했다.

"나도 엄마 사랑한단 말이야!"

누나들이 예쁘게 그림도 그리고 글씨도 멋지게 써서 엄마에게 사랑의 표현을 하니, 자기도 하고 싶은 모양이었다. 서러워 우는 막내 아이를 안아주며 웃음을 지을 수밖에 없었다. 어쨌든 맥락 없이 끼적이기만 한 것은 분명 막내 아이 짓이었다. 그렇게 세 아이의 응원을 받으며 공부하는 것을 즐기기도 했다.

내가 공부하는 모습을 본 둘째 아이가 어느 날 나에게 물었다.

"엄마, 나는 요리사가 되고 싶어요. 요리사가 되려면 엄마처럼 공부해야 해요?"

"그렇지. 공부가 필요하지 않은 일은 없어. 네가 무엇이 되고 싶든지 그 일에 대해서 공부해야지. 공부하는 방법도 다양해. 꼭 책이 아니어도 돼. 요리사는 음식에 대해 알려면 책으로도 공부해야겠지만, 직접 요리를 만들면서 배우는 것도 많겠지?"

"요리사가 돼서 엄마, 아빠한테 맛있는 요리 해줄게요. 엄마는 뭐가 먹고 싶어요?"

"엄마는 똑순이가 만들어 준 피자가 먹고 싶은데! 만들 수 있겠어?"

"잠깐만요. 공부 좀 하고 올게요."

그리고는 책장으로 가서 요리책을 뒤적거렸다. 한참을 그렇게 책을 들여다보더니, 나에게 와서는 피자 만드는 방법을 설명했다. 그리고 재료를 사러 마트에 가자고 했다. 아이는 벌써 들떠 있었다. 사 온 재료들로 대충 만들어 본 피자는 의외로 먹을 만했다. 아이는 자신이 공부해 피자를 만들었다는 성취감을 느꼈고, 자존감도 높아졌다. 자주는 아니지만, 요리사가 꿈인 아이와 함께 요리하는 시간을 보낸다. 공부하는 엄마를 보며 자란 덕분에 아이들은 책을 보며 뭔가를 알아가는 일을 즐겨한다. 참 감사한 일이다.

큰 아이는 그림 그리는 것을 좋아해 화가가 되겠다고 말했다. A4용지를 한 상자씩 사두면 절반은 내가 공부하며 프린트하는 데 쓰고, 절반은 아이가 그림을 그리는 데 쓸 정도였다. 아이는 만화 캐릭터를 그리거나 이모티콘을 그리기도 했다. 이야기책을 보며 생각나는 그림을 상상해서 그리기도 했고, 노래 가사를 들으며 떠오르는 장면을 그리기도 했다. 서툴긴 해도 포인트를 살려 그려낸 그림을 보며 참 대견하다는 생각을 했다.

"우와 산아. 대단해! 엄마는 그 노래 들을 때 아무 생각이 없었는데. 산이는 이런 장면이 떠올랐구나. 멋지다!"

"잘 그렸지요? 저는 나중에 화가가 될 거예요."

나는 아이들에게 그림책을 읽어주다 그림책의 매력에 푹 빠져 나중에 그림책 작가가 되고 싶다는 얘기를 아이에게 한 적이 있다. 아이가 그림 그리는 걸 좋아하는 모습을 보다 문득 엄마랑 같이 그림책을 만들어보자고 제안했다.

"엄마는 글 쓰는 걸 좋아하고, 너는 그림 그리는 걸 좋아하니까. 우리 나중에 같이 그림책을 만들어보는 건 어때?"

"좋아요! 그럼 지금부터 열심히 연습해야겠네요? 그런데 〈알사탕〉 책은 그림이 아닌 것 같던데? 그 책 작가처럼 인형 같은 걸 만들어도 돼요?"

"물론이지. 방법은 정말 여러 가지야. 백희나 작가님은 주인공들을 직접 인형으로 만들고 사진을 찍은 거 같더라고. 그렇게 해서 그림책을 만들 수도 있지!"

"그럼 저는 그림도 그리고 인형도 만들어볼래요!"

아이는 신이 나서 클레이를 가지고 〈알사탕〉의 주인공인 동동이를 만들기도 했다. 그러면서 아이는 나에게 자기가 만들고 싶은 그림책 이야기를 창작해 주저리 얘기하기도 했다. 사실 예전에 자주 읽었던 그림책 내용인 것 같지만, 귀 기울여 들어주었다. 그리고 다시 신이 나서 그림을 그리러 가는 아이의 뒷모습을 보며, 꿈꾼다는 것은 참 멋진 일이라고 생각했다.

나는 앙투안 드 생텍쥐페리의 〈어린 왕자〉를 좋아한다. 그 책을 읽을 때마다 어른이나 부모의 역할에 대해 생각해보게 된다.

"어른들은 보아뱀이나 보아뱀 배 속 그림 같은 건 집어치우고 그 대신 지리나 역사, 산수나 문법에 열중하라고 충고했다. 그래서 내 나이 여섯 살 적에 화가라는 멋진 직업을 포기해버렸다. (중략) 그건 내 잘못이 아니다. 내 나이 여섯 살 적에 어른들 때문에 화가라는 직업을 포기했고, 겉에서 본 보아뱀과 속이 보이는 보아뱀 말고는 그림을 배운 적이 없다."

이 부분을 읽을 때면, 나는 최소한 아이들의 꿈을 무시하거나 포기하게 만드는 어른은 되지 말아야지 다짐했다. 조종사의 보아뱀 그림을 보고 비아냥거린 어른들이 없었다면, 지금 우리는 더 멋진 어린 왕자의 모습을 볼 수 있지 않았을까.

아이들은 엄마의 뒷모습을 보고 커간다. 꿈꾸는 엄마를 보며 아이도 꿈을 꾼다. 나 자신이 꿈꾸는 엄마가 되어 아이들의 꿈을 응원하고 지원해주는 사람이 되고 싶다. 늘 꿈을 꾸는 아이들에게, 어른이고 엄마인 나는 늘 꿈을 꾸는 모습을 보여줄 것이다.

문 하나가 닫히면 다른 문이 열린다

"행복의 문 하나가 닫히면 다른 문들이 열린다. 그러나 우리는 대개 닫힌 문들을 멍하니 바라보다가 우리를 향해 열린 문을 보지 못한다."

헬렌 켈러가 한 말이다. 나는 이 말을 이렇게 바꾸고 싶다.

"꿈의 문 하나가 닫히면 다른 문이 열린다."

내가 꾸는 꿈 하나가 이루어졌다고 거기서 끝내면 안 된다. 이룬 꿈을 바라보며 우쭐해지거나 안주하면 안 된다. 우리는 더 나은 삶을 살기 위해 성장해야 한다. 꿈의 문 하나를 닫았다면, 다른 꿈의 문을 두드려야 한다. 그리고 그 문을 열기 위해 노력하고 열린 문을 향해 걸어가야 한다.

임용고시 합격이라는 꿈, 목표를 향해 열심히 달려왔다. 그 꿈이 이루어졌다는 사실이 믿기지 않았다. 월급명세서에 찍혀있는 내 자리가 '계약직 교원'이 아니라 '국공립 교원'이라는 것만 보고도 미소가 절로 나왔다. 하지만 그 기쁨은 그리 오래가지 않았다. 교사로 일하는 것은 어느새 일상이 되었다. 큰 감흥이 없이 지내게 됐다. 꿈의 문이 닫힌 안주하는 삶을 살았고 내 생활을 지내기 바빴다.

처음 임용 고시에 합격하고 주변 사람들에게 소식을 전했을 때 이런 말들을 했다.

"어떻게 애 셋 데리고 공부했어요?"

"대단해요. 나는 아이 한 명 키우면서도 책 한 권 읽을 시간이 없는데."

"너는 욕심도 많다. 애 셋 키우면서 임용 공부라니. 결국에는 합격을 하는구나!"

"애 셋 키우면서 어떻게 그 어려운 걸 해냈냐?"

나의 대답은 이랬다.

"제가 그 어려운 걸 해냈습니다!" (웃음)

지나고 나니 웃을 수 있었지만, 그 과정은 절대 쉽지 않았다. 그러니 이런 말들을 들었다고 생각한다. 그리고 한 지인은 이런 말을 했다.

"정말 축하해. 대단하다. 네가 아이 셋 키우면서 공부하고 임용 고시 합격한 걸 책으로 만들어도 되겠다. 이야기가 너무 매력적이야."

귓등으로 들을 수도 있는 말이었지만, 나는 솔깃했다. 육아 중에 책을 읽으며 나도 언젠가는 내 책을 내고 싶다는 생각을 하고 있었기 때문이다. 내 이야기가 다른 사람에게 힘이 되고 도전하는 데 도움이 된다면 기꺼이 그렇게 해보고 싶었다. 내가 육아의 늪에서 허우적대고 있을 때 책이 큰 힘이 됐던 것처럼 말이다. 한편으로는 집에서 육아를 하면서 혼자 공부해서 그런지, 내 얘기를 누군가가 들려주고 싶은 마음도 컸다. 주변 사람들과 소통하지 않고 지낸 시간이 길었기 때문에 참 외로웠기 때문이다.

나는 지인의 말에 용기를 냈고, 다시 꿈을 꾸기 시작했다. 내 이야기를 책으로 만드는 꿈. 이 글을 쓰고 있는 지금도 믿기지 않는다. 어느새 책의 거의 마지막 부분을 쓰고 있으니 말이다.

헤르만 헤세의 〈데미안〉에 이런 말이 있다.

"내 의지가 기회를 포착할 준비가 되어있었기 때문이다."

확고한 의지가 있는 사람이 자신이 원하는 것을 얻을 기회를 잡는다는 말이었다. 나도 언젠가는 책을 쓰고 싶다는 생각이 있었기 때문에 지인이 한 말을 그냥 흘려듣지 않았고, 충분한 준비가 되어있는 것은 아니었지만, 행동으로 옮겨보기로 했다. 내 의지가 기회를 잡을 타이밍을 알고 독려해주었기 때문이다. 임용 고시에 대한 꿈은 이루어졌고, 그것을 계기로 나는 또 다른 꿈을 꾸고 있다. 아니 실현하기 위해 또 열심히 글쓰기 공부를 하고 있다.

만약 꿈의 문 하나가 강제로 닫혀 버린 경우라면 어떨까? 충분한 시간과 돈, 열정, 노력을 투자했는데도 원하는 성과를 얻지 못할 때 말이다. 원하는 시험에 계속 낙방하거나, 노력의 결과가 원하는 수준에 미치지도 못한다고 느꼈을 때 문이 닫혔다고 느낄 수 있다. 이때 나름의 결단을 해야 한다. 지금 닫혀버린 그 문을 계속 두드릴 것인지 아니면 다른 문을 두드릴 것인지를. 그 선택은 나의 몫이다. 누구도 그 선택을 강요할 수 없기 때문이다.

나의 '임용고시 합격'이라는 꿈이 이루어지지 않았다면 어땠을까? 계속 그 꿈을 꾸며 공부에 열을 올리고 있을까? 아니면 더는 못한다고 다른 길로 갔을까? 장담할 수 없지만, 아마 나는 공부를 계속했을 것이다. 오기로 말이다.

열심히 달려왔지만 꿈의 문이 닫혔을 때, 다른 문을 두드린 사람이 있다. 바로 한재우 작가다. 공부법에 대해 알아보면서 도움을 받았던 책이 한재우 작가의 〈혼자 하는 공부의 정석〉이었다. 집에서 혼자 임용 공부를 하는 나에게 많은 도움을 주었다.

한재우 작가는 최근 〈노력이라 쓰고 버티기라 읽는〉이라는 책에서 자신의 경험을 이야기했다. 작가는 사법고시 시험을 오래 공부했다고 한다. 몇 년 동안 공부했지만, 결국 합격을 하지 못하고 계속 낙방했다고 한다. 작가는 앞으로 어떻게 해야 할지 선택의 갈림길에 섰다. 그리고 담

담히 다른 길을 갔다. 그리고 결국 다른 문을 두드렸고 작가의 길을 걷게 되었다.

하나의 꿈의 문이 닫히면 다른 꿈의 문이 열리기 마련이다. 꿈의 연결고리를 늘 생각하며 지금, 오늘을 살아가면 좋겠다. 지금 내가 나아가고자 하는 방향과 가치관이 또 어떻게 변할지 모른다. 사람은 늘 변하기 때문이다. 〈논어의 말〉에 '사람도 자연도, 이 세상의 모든 것이 이 강의 흐름과 같다. 계속 같은 상태로 머물러 있는 것은 없다.'고 했다. 결국, 사람은 계속 변한다는 뜻이다. 하물며 꿈은 어떨까?

생각해보면 내가 하고 싶은 일들도 서로 전혀 다른 분야이기도 했다. 아이들의 꿈도 마찬가지다. 흐르는 강물처럼 어느 한 곳에 머무를 수 없는 사람이기 때문에 우리는 늘 다른 꿈을 꾸고 또 그것을 실현하기 위해 노력하는지도 모른다.

나는 〈멈추지 마, 다시 꿈부터 써봐〉의 김수영 작가를 좋아한다. 그녀야말로 다양한 꿈을 꾸며 하나씩 이뤄나가는 모습을 보여주고 있기 때문이다. 그녀는 꿈을 꾸고 그 꿈을 실현하기 위해 도전하는 삶을 멈추지 않았다. 그중 한 가지 수단이 꿈 목록을 적는 것이다. 수십 개의 꿈을 목록으로 적고 실천하며 역동적인 삶을 살고 있다.

자칭 타칭 '꿈쟁이'라는 타이틀을 달고 살아가는 김수영 작가의 삶이 정말 멋지다는 생각이 든다. 꿈의 문이 하나씩 닫힐 때마다 또다시 다른 꿈을 위해 문을 두드리는 모습. 열정적으로 살아가는 모습이 나에게 큰 도전을 주었다. 나도 늘 꿈을 꾸는 '꿈쟁이'로 살아가고 싶다.

나도 그녀와 같이 꿈 목록을 채워가고 있다. 아직 몇 가지 적지 못했지만 그중 한 가지, 책 쓰기는 실천 중이다. 그리고 다른 한 가지는 공부하면서 혼자 만들어보았던 마인드맵을 조금 더 집중해서 배우고 싶다. 나중에 학교에서 공부한 내용이나 책의 내용을 마인드맵으로 정리할 수 있게 가르쳐주면 좋을 것 같다고 생각했다. 마지막은 육아 맘 공부 멘토가 되는 것이다. 멘토라고까지 하기엔 조금 그렇지만 아직 적절한 단어를 찾지 못했다. 나는 아이들 키우면서 혼자 외롭게 공부할 때 누군가 옆에서 공부 가이드를 해주며 지원을 해주었으면 좋았겠다고 생각했다. 일단 주변에 공부하는 육아 맘들과 시작을 해볼까 한다. 올 한해도 바쁜 한 해가 되지 않을까 싶다.

정답이 없는 인생이라서 다행이다. 내가 걷는 길이 꽃길이라는 생각을 가지고, 또 의지를 다지고 오늘도 꿈의 문을 두드리고 있다. 그 문을 향한 오늘의 발걸음이 절대 헛되지 않은 날이 올 것이다. 벌써부터 설렌다.

바라는 것을 이루어주는 성공 습관

바라는 것을 이루어가는 과정은 얼마나 멋진가! 바라는 것은 꼭 이루어내는 습관을 갖는 것은 인생을 살아가는 데 매우 중요한 부분이다. 이 습관들이 모여 성장할 것이고 또 성공을 이룰 것이기 때문이다. 나는 공부를 하면서 나 나름의 성공을 이루어내는 습관을 하나씩 만들어 갔다. 어쩌면 육아 맘이기 때문에 생기는 시간과 환경의 제한 속에서 스스로 살길을 찾았는지 모른다. 내가 실천했던 또 실천하고 있는 성공 습관 세 가지를 이야기하고 싶다.

첫 번째가 긍정 확언이다. 말하는 대로 이루어진다는 말을 많이 들었다. 처음에 그 뜻을 정확히 이해하지 못했다. 아니 체험하지 못했다고 해야겠다. 하지만 몇 년간 공부하면서 내가 내뱉은 말이 그대로 이루어지고 있음을 느끼면서 생각과 말을 고쳐보기로 했다. 생각이 바뀌지 않으면 의식적으로라도 긍정 확언을 쓰거나 말로 바꿔보려고 했다.

예를 들면 나는 스케줄러나 벽에 붙여 둔 공부 계획표 맨 위에 붉은 글씨로 이렇게 적어두었다. "최종합격을 진심으로 축하합니다." 이미 이루어진 상태를 생각하며, 그렇게 말하는 것이다. 나는 이미 합격한 사람이고, 지금은 그 과정을 지나고 있는 것뿐이다. 이렇게 성공한 상태임을 말하고 믿는 것은 의외로 마음의 커다란 안정을 가져다주었다. 힘든 상황일수록, 공부가 하기 싫어질수록 꾸역꾸역 말해보려고 했다. 그 자체로 힘을 얻어 한 장이라도 더 공부할 수 있었고, 긍정적인 마음으로 바꿀 수 있었다.

긍정 확언을 하는 또 다른 방법으로는 도장 찍기가 있었다. '합격'이라고 적힌 작은 도장을 만들어서 공부할 때 사용했다. 각 영역의 공부를 마칠 때마다 계획표에 '합격' 도장을 아주 정성스럽게 찍었다. 그리고 속으로 '나는 합격했다.'라고 말했다. 합격 도장도 긍정 확언을 해주는 하나의 수단이 되었다. 영역별 이론서를 읽고, 기출문제집을 보고, 마인드맵을 볼 때마다 항상 합격 도장을 찍어 회독 수를 표시한 것이다. 내가 합격 도장을 찍으며 합격했다고 생각하고 말한 횟수만 수백 번이 넘는다. 이 단순한 방법을 통해서도 긍정 확언을 실천할 수 있었다.

둘째, 시각화하는 것이다. 공부하면서 알게 된 사실인데, 사람은 외부에서 들어오는 정보 중 약 90%를 시각으로 흡수한다고 한다. 그래서 눈이 얼마나 중요한지 알게 되었다. 시각으로 정보를 얻는데 어려움을 갖는 시각장애인의 심리는 감히 상상할 수도 없겠다는 생각도 했다. 나는 시각장애 영역을 공부하며 이 대목을 읽고 내 공부 전략 중 하나를 시각화로 잡아야겠다고 생각했다. 한눈에 볼 수 있도록 자료를 정리하거나 목표를 게시하는 것, 그것이 나의 시각화 공부 습관이었다.

전공 자료를 정리할 때도 마인드맵을 활용해서 시각화했다. 그랬더니 줄글로 빽빽했던 정보가 간결하면서도 내 이해구조에 맞게 다시 정렬되었다. 줄글의 2차원의 정보가 3차원으로 업그레이드된 듯했다.

나는 정보를 시각화 자료로 만드는 것에서 그치지 않고, 그것을 복사해서 집안 곳곳에 붙여두었다. 눈에 잘 띌 수 있도록 말이다. 가장 많은 시간을 보내는 싱크대 위쪽에는 학습장애 영역의 마인드맵을 붙여두고, 화장실 거울에는 지적장애 영역의 마인드맵을 붙여두는 식이다. 이렇게 하면서 한 번 더 공부할 수 있는 계기를 만들었다.

그리고 공부 목표도 역시 공부방에 크게 프린트해서 붙여두었다. 내가 어느 정도 목표를 이루었는지 한눈에 확인할 수 있기 때문이다. 하다못해 수험표를 뽑으면 그것도 벽에 붙여두었다. 그리고 그 위에 목표를 적어두었다. '최종합격을 진심으로 축하합니다.' 그 문구를 눈으로 보며 바라는 것에 대한 열망을 불태웠다.

아이들 키우며 살림하는 엄마들은 잘 알 것이다. 신경 써야 할 일, 해야 할 일이 얼마나 많은지 말이다. 그러다 보면 집안 살림, 육아에 치여 공부 생각은 뒤로 미뤄 버리기 일쑤다. 이런 미루기 습관을 방지하기 위해서도 눈에 잘 띄는 곳에 공부 자료들을 붙여두는 것이 효과가 있었다.

내가 바라는 것, 이루고 싶은 것, 하고 싶은 것이 있으면 시각화시켜보길 바란다. 사람이 생각만 하고 있으면 실천하기 어렵다. 이렇게 시각화 자료로 만들어 두고 눈에 잘 띄는 곳에 붙여준다면, 동기부여도 되고 한 번 더 실행할 수 있는 계기를 만들어 준다. 그래서 나는 요즘 비전 보드를 만들고 있다.

셋째, 작은 목표를 세우고 성취해가는 것이다. 스티븐 기즈의 〈습관의 재발견〉이라는 책에 이런 말이 있다.

"작게, 사소하게, 가볍게 시작하라! 지킬 수 없는 '위대한 목표'보다 지킬 수 있는 '사소한 행동'이 당신의 인생을 극적으로 바꾼다!"

이 책을 읽었을 때는 당연한 소리를 한다고 생각했다. 하지만 나는 공부나 무엇인가를 배울 때 늘 지킬 수 없는 목표들을 세운다는 걸 알았다. 그리고 지키지 못하는 자신을 탓하며 자괴감에 빠지는 것을 반복했다. 그것이 습관이 되어 계획만 세우다 끝나는 경우가 많았다. 도대체 사소한 행동을 목표로 삼는 것은 어떤 걸 의미할까 궁금했다.

혹시 '아침에 일어나 이불 정리하기'를 목표로 세운 적이 있는가? 사실

나는 그것을 '목표'로 생각해 본 적이 없다. '그래! 내가 이불 정리만은 꼭 지키고 말 거야!' 다짐까지 하면서 실천하지 않는다. 어쩌면 이것처럼 큰 힘을 들이지 않고, 비장한 각오를 하지 않아도 되는 사소한 행동이 작은 목표가 아닐까? 그런데 이 작은 목표 하나가 굉장한 성취를 가져온다는 말을 듣고 깜짝 놀랐다.

최근 〈타이탄의 도구들〉을 읽었다. 세계의 많은 거장이 어떤 성공 습관을 지니고 있는지를 소개한 책이다. 그 책의 핵심은 그것이다. 타이탄이 된 이유는 결국 자기만의 작은 습관들을 충실히 매일 해낸 것뿐이라고. 가장 놀라운 것이 많은 타이탄의 공통적인 습관 중 하나가 아침에 일어나자마자 잠자리를 정리하는 것이었다.

"매일 아침 잠자리를 정돈한다는 건 그날의 첫 번째 과업을 달성했다는 뜻입니다. 작지만 뭔가 해냈다는 성취감이 자존감으로 이어집니다. 그리고 또 다른 일을 해내야겠다는 용기로 발전합니다. 하루를 마무리할 무렵이 되면 아침에 끝마친 간단한 일 하나가 수많은 과업 완료로 바뀌게 됩니다. 그렇게 살아가면서 우리는 깨닫게 됩니다. 인생에서는 이런 사소한 일들이 얼마나 중요한지를."

아침 단 3분을 투자해서 할 수 있는 최고의 성공 습관이 이불 정리라니. 생각해보니 나는 이 일을 하찮게 여기고 있었다. 아침에 아이들과 출근하기 바쁘다는 핑계였다. 하지만 퇴근 후 집에 돌아오면 엉망인 집을 보며 한숨을 짓게 되었다. 지금 생각해보니 이런 작은 습관 하나가 내 삶을 얼마나 좀먹고 있었는지 알겠다. 〈타이탄의 도구들〉에서 가장 첫 번째로 소개한 것이 왜 잠자리 정리인지 이제 깨달았다. 며칠 전부터 잠자리를 정리하고 출근하고 있다. 이 단순한 과업을 해내고 나는 경쾌한 마음으로 출근할 수 있게 되었다는 사실에 놀라고 있는 중이다.

그 책을 읽고 있자니, 나라고 못 할 것도 없다는 생각이 들었다. 그들처럼 아주 작은 목표를 세우고, 하나씩 실천해 가면서 성취감을 느껴야겠다고 다짐했다. 처음부터 큰 목표를 달성하기 어렵다. 지금 나의 상황과 상태에 맞게 아주 작은 부분부터 시도하면 된다. 그것은 곧 성공으로 이어지고, 그 성취감은 자신감을 높일 것이다. 그러다 조금 더 큰 목표들로 차츰 변화시켜 가면 된다. 어쨌든 꾸준함을 이길 수는 없기 때문이다.

긍정 확언, 시각화, 작은 목표 세우고 실천하기 이 세 가지는 성공을 위해 내가 실천하고 있는 습관이다.

요즘에는 새벽 5시 기상을 하는 습관을 들이고 있다. 공부할 때 실천했던 습관이지만, 일을 시작하면서는 새벽 기상을 하지 못했다. 책 쓰기를 시작하면서 나만의 시간을 갖기 위해 다시 시작했다. 이 시간을 통해 성장하는 나를 만들고 있다.

바라는 대로 모두 이루어지면 얼마나 좋을까? 가끔 누군가 마법을 부려 그런 일이 실제 일어나면 좋겠다는 상상도 했다. 현실에서 그 마법을 부릴 수 있는 사람은 나 자신이라는 것을 잘 안다. 오늘도 바라는 것이 이루어지게 하는 작은 행동 한 가지를 실천해보자.

성공 습관을 만드는 것은 결국 자신을 성장시키는 것이다.

에필로그

엄마라는 이름 뒤에 숨어버린 당신에게

나의 어릴 적 꿈은 20대 중반에 결혼해서 행복한 가정을 이루는 것이었다. 일찍 결혼하는 것이 소원이었다. 내 가정을 빨리 이루고 싶은 마음이 컸다. 결국, 30대가 되기 직전에 결혼했고 30대를 육아와 함께 시작했다.

처음에는 일하지 않고 집에서 아이만 키우는 것이 좋았다. 일하지 않아도 되는 시간이 행복했다. 엄마라는 타이틀이 피난처처럼 느껴졌다. 한 가정에 소속되었다는 안정감이 매우 크게 다가왔다. 결혼하고 아이를 낳았다고 해서 당연히 아이'만' 키우는 것은 아니었다. 집안 살림과 매끼니를 걱정하는 일은 어느새 스트레스로 다가왔다.

큰아이가 나에게 "엄마는 커서 뭐가 되고 싶어?"라는 질문을 했을 때는 참 싱거운 질문이라고 생각했다. 나는 다 큰 어른이고 당장 아이들을 키우기 바쁜 엄마라는 사실이 나의 꿈을 보지 못하게 했다. 그런 줄 알았다.

찬찬히 나를 들여다보니, 나는 생각보다 열정적인 사람이었고 하고 싶은 것도 많은 사람이었다. 다만 지금의 상황이 나를 움직이지 못하게 한다고 생각했다. 나 스스로가 한계를 짓고 있었다. 엄마라는 역할이 나에게 꿈을 꾸지 못하게 하는 감옥이 아닐까라는 생각에 이르렀다. 어느덧 엄마라는 이름이 족쇄처럼 느껴져 답답하고 우울한 마음이 싹트기 시작했다.

그토록 원했던 엄마의 역할도 짐이 되던 순간. 그 이유를 찾기 위해 많은 책을 읽었다. 그리고 그 안에서 답을 찾았다. 나를 잃어버린 채 엄마로만 살았기 때문이라는 걸.

나는 엄마 말고 나로 돌아오기로 했다. 정확히 말하면 '나'다운 엄마로 살아야겠다고 다짐했다. 더 이상 엄마라는 이름 뒤에 숨지 않기로 했다. 나 스스로 다짐하고 또 주위에 공언하기도 했다.

나는 육아의 시간을 나를 성장시킬 시간으로 만들어야겠다고 생각하고 공부를 시작했다. 육아와 공부는 나다운 엄마로 살기 위한 시도였다. 공부에 대한 스트레스가 쌓이기도 했지만, 어쩐지 그렇게 싫지만은 않았다. 나를 위해 무언가를 하고 있다는 생각이 들었기 때문이다. 그래도 꿈을 위해 공부하면서 나는 자존감이 높아졌고, 엄마의 역할도 더 잘하고 싫어졌다. 엄마로만 살지 않기로 다짐한 이후 내 삶에 많은 변화가 찾아왔다.

엄마라는 이름에 갇혀 자신을 희생'만' 하는 사람들이 의외로 많다. 멀리서 찾지 않아도 된다. 나의 어머니가 그랬고, 아이 친구의 엄마가 그랬다. 그리고 과거의 내가 그랬다. 결혼하고 엄마가 되는 순간 포기해야 할 것들은 더 늘어가고, 책임져야 할 부분만 커졌다. 그리고 자신을 잃어버린 채 주어진 일들을 해치우느라 정신없는 나날들을 보냈다. 그렇게 고생을 알아주는 사람도 없이 묵묵히 엄마 역할을 해냈다.

친정엄마가 40여 년 만에 여중 동창생들을 만나고 오신 날이 아직도 기억에 생생하다. 시어머니를 모시고 살며 다섯 명의 자식을 키우느라 거칠어진 손과 굽어진 허리가 서러운 것이 아니었을 것이다. 하고 싶었던 공부를 할 수 없었던 어린 시절의 자신을 만났고, 공부를 마치고 자신만의 일을 하며 살아온 친구 모습이 겹쳐졌을 뿐이었으리라. 지나온 세월이 너무도 긴 탓에 후회마저 할 수 없다는 생각에 참 무기력하셨을 것 같다. 그렇게 엄마라는 이름 뒤에 자신의 모든 것을 포기하고 숨어 살아오신 것이다. 그 답답한 세월을 어찌 보내셨을까? 엄마가 되어보니 친정엄마의 모습이 눈에 들어왔다.

"하고 싶은 거 하며 살아라."

엄마의 소원은 큰 게 아니었다. 네가 원하는 것이 무엇인지 알고 더 늦기 전에 그 일을 하라는 조언이기도 했고 한풀이 같은 독백이기도 했다. 나는 어머니처럼 모든 걸 포기하며 살지 말아야지 다짐했던 순간이었다.

엄마도 사람이다. 엄마이기 이전에 사람이기 때문에 갖는 욕구가 있다. 그 욕구를 억지로 억누르며 살면 언젠가는 탈이 난다. 우울해지기도 하고 자신의 존재가 무가치하게 느껴지기도 한다. 엄마이기 이전에 자신의 욕구가 무엇인지 찾고 해결해주어야 한다. 더 늦기 전에 내가 누구인지, 어떤 것을 하고 싶은지 알아야 한다. 자아실현을 위해 어떤 형태로든 공부를 해야 한다.

심리학자 매슬로우는 인간이 갖는 욕구를 5단계로 구분했다. 생리적 욕구, 안전에 대한 욕구, 애정과 소속에 대한 욕구, 자기 존중의 욕구, 자아실현의 욕구가 그것이다. 그는 이 단계가 차례로 일어난다고 얘기했다. 하지만 때에 따라서는 동시다발적으로 일어나기도 하는 것 같다. 어쨌든 인간이 갖는 최상위의 욕구가 '자아실현의 욕구'라는 것은 사실인 것 같다.

이 욕구 이론에 빗대어보아도 육아와 살림만 하는 엄마들이 우울감을 많이 느끼는 이유를 알 수 있다. 자기 존중의 욕구라든지 자아실현의 욕구가 충족되지 못했기 때문이다. 가정에 소속되어 있는 것은 확실하지만, 어쩐지 자신의 존재감은 사라지고 있고 자아실현은 꿈도 못 꾸기 때문이다. 어떻게 해서든 이 욕구들을 충족시켜줘야 한다. 하지만 지금은 자아실현을 할 수 없는 다양한 이유를 대며 핑계를 대기도 한다.

"아이들 키우느라 시간이 없어서요."

"내가 하고 싶은 일을 하려면 돈도 많이 들어요. 돈 좀 모으고 나중에 할게요."

"내가 육아하면서 공부까지 하려면 체력이 안 돼서요."

"의지가 약해서 어차피 끝까지 못 해요. 괜히 시작했다가 주위 사람들이 뭐라고 할 것 같아요."

지금 시작할 수 없는 수많은 이유를 들으면 정말 하기 힘들 것 같다. 이 생각은 내가 결혼해서 아이들을 키우며 했던 생각들이기도 하다. 임용 고시 공부를 하고 싶다고 생각하면서도 한편으로는 하기 힘든 이유를 찾아내느라 바빴다. 그리고 행동하지 않았다. 그렇게 나의 자아실현은 점점 멀어져갔고, 우울은 더 깊어졌다.

아이 셋을 키우며 공부했을 때는 그 전보다 더 열악한 상황이었다. 아이가 하나일 때와 둘, 셋일 때는 육아에 들이는 시간이 몇 배 차이가 나는 것을 몸소 느꼈다. 목욕을 시킬 때도 그렇고 가방 하나 챙기는 것도 그렇다. 더 많은 시간과 노력이 필요하고 신경 쓸 것이 더 많았다. 그럼에도 불구하고 공부하기로 한 건 다시는 지금처럼 살고 싶지 않다는 절박함이었다.

그렇게 마음을 먹고 공부를 시작하니, 또 못할 것도 없었다. 나의 신경을 공부하는 것에 쓰니, 공부할 시간이 생기고 그것도 차츰 늘려갈 수 있었다. 하고자 하는 마음이 있으면 방법은 어떻게든 생긴다는 걸 깨달았다.

엄마 역할은 죽을 때까지 끝이 없다. 하다못해 초등학교 졸업만 시키면 조금 편안해지고 내 시간을 가질 수 있을 것 같지만 또 그렇지 않은 경우도 많다. 아이가 두세 명이라면 그 기간마저도 길어진다. 그 이후에 자아실현을 위해 무언가를 하기엔 시간이 너무 늦다. 그 기간 동안 나는 흔적 없이 사라질지 모른다. 지금 당장 시작해야 한다.

오늘은 나를 위한 시간을 보내면 어떨까? 내가 원하는 것이 무엇인지, 엄마 말고 잘할 수 있는 일이 무엇인지 곰곰이 생각하는 시간을 갖는 것이다. 그다음 그것을 실현할 방법을 찾아보도록 하자. 방법은 늘 있기 마련이다.

이제는 엄마라는 이름 뒤에 숨어 지내지 말자. 나를 찾아가는 공부를 시작하자. 나를 찾아가는 행복한 여정을 즐기자. 내 인생의 주인공이 나라는 생각을 가지고 오늘을, 내일을 멋지게 살아내자. 엄마에게는 당연히 그럴 권리가 있다.

시체맘

: 시간도 없고 체력도 안 되는 맘시생의 생계형 공부

발 행 일 2020년 02월 21일

지 은 이 문난희
펴 낸 이 정유리
마 케 팅 유인철
디 자 인 이주영

발 행 처 더블유미디어
등 록 번 호 제25100-2016-000033호
주 소 서울특별시 서대문구 연희동
대 표 전 화 02-2068-1956
팩 스 02-2068-1995
홈 페 이 지 www.w-media.co.kr
이 메 일 wmedia1@naver.com

I S B N 979-11-88476-21-3(03810)
정 가 12,500원

---

* 이 도서의 국립중앙도서관 출판예정도서목록(CIP)은 서지정보유통지원시스템 홈페이지(http://seoji.nl.go.kr)와 국가자료종합목록 구축시스템(http://kolis-net.nl.go.kr)에서 이용하실 수 있습니다. (CIP제어번호 : CIP2020004524)

* 더블유미디어는 여러분의 다양한 삶과 생각이 궁금합니다. 이야기나 아이디어가 있으신 분은 이메일 wmedia1@naver.com으로 원고나 기획서를 보내주세요. 설레는 마음으로 기다리겠습니다.